자고 일어나면 달라지는 평양 – 우리가 아는 북한 너무나 다른 북한

평양 여자 서울 남자 길을 묻다

통일기러기 남북 하늘을 잇다

글•사진 **로창현**

도서
출판 **정음서원**

차 례

제**2**부 휘발유 조개구이의 추억

제3부 다시 싸는 평양행 가방

　분단된 나라에서 태어나 휴전선 이북에 있는 '북한'은 혐오
와 공포의 대상이고 그곳 주민들은 독재의 사슬에 신음하는
불쌍한 동족이라는 생각은 반공을 국시로 하는 정부의 제도
권 교육하에서 고착화 된 관념일 것이다.

　북에 대한 고정관념과 편견이 처음으로 깨지게 된 것은
1998년 국민의 정부 출범이후 금강산관광이 시작되고 2000
년 남북정상 회담을 기해 북에 관한 왜곡되지 않은 정보와 생
생한 뉴스들을 접하면서다. 우여곡절은 있었지만 김대중정
부와 노무현정부의 10년간 남북은 금강산관광과 개성공단의
경천동지할 민족 사업에 합의하면서 화해와 협력의 손을 잡
았고 한 겨레의 뜨거운 피와 정을 확인하였다.

　그 시절 남북의 교류협력 사업은 지금 돌이켜봐도 놀랄만
큼 파격적인 것들이 많았다. 200만명에 달하는 금강산 누적
관광객수는 그만두고라도 2005년 9월엔 보름간 5천명이 서
울-평양을 직행하는 아시아나 특별기를 타고 1박2일 관광을
했다는 사실은 그야말로 먼 별나라의 이야기처럼 들린다.

　만일 남북관계가 이후에도 퇴행하지 않고 지속적인 협력을
이루었다면 지금쯤 얼마나 놀라운 일들이 곳곳에서 벌어지
고 있을까. 남북이 잘하는 분야를 더욱 발전시키고 힘을 합쳐
폭발적인 시너지 효과가 발휘되었다면 사실상의 통일코리아

는 지금쯤 G3의 지위를 누리고 있지 않을까.

　그러나 현실은 엄혹하다. 북에 관한 정보와 뉴스는 국가보안법의 이름으로 봉쇄되고 왜곡된 프레임으로 악마화하는 풍조가 일상화되어 국민 대다수가 북을 혐오하고 피로감을 보이는 게 사실이다.

　문재인정부 들어 역사적인 4.27 판문점선언과 9.19 평양선언이 합의되고 북미 정상 회담도 성사되면서 한머리땅(한반도)에 평화의 훈풍이 불어닥치는 듯 했으나 남북관계, 북미관계는 좀처럼 돌파구를 찾지 못하고 있다.

　개인적으로 2018년 11월에 처음 북을 방문 취재했고 2019년 3월 두 번째 방북을 했다. 그리고 같은 해 9월과 10월 연속 방북을 하는 등 1년 사이에 네 차례나 방북 취재를 할 수 있었다. 2020년 1월엔 코로나19로 국경이 봉쇄돼 5차 방북이 아쉽게 무산되기도 했다. 필자의 방북은 어떤 단체나 기관을 수행하는 것도 아니었고 특별한 행사의 풀기자도 아니었다. 철저히 독립적이고 자의적인 취재였다.

　첫 방북이 오랫동안 단절된 우리 민족의 반쪽과 해후한 예비단계였다면 두 번째 방북부터는 북녘 동포들과 흉금을 터놓고 이해의 폭을 넓힌 집중단계라 할 수 있다. 하노이 북미회담이 아무런 소득없이 끝나고 경색된 북미관계는 좀처럼 풀리고 있지 않지만 북은 2017년 선언한 경제 총력 매진의 기조를 흔들림 없이 추진하고 있다. 북 주민들도 기왕에 단련된 자력갱생의 자신감으로 생활전선에 임하는 모습이었다.

우리가 '남조선'이라는 말에 질색하는 것처럼 북녘 겨레도 '북한'이라는 말을 싫어한다. 남북의 화합을 논하면서 구태여 상대를 일방화하는 호칭을 쓸 필요는 없다는 생각에서 가급적 북, 북녘, 혹은 이북이라는 표현으로 대신했다.

이와 함께 지명이나 인명도 고유명사도 현지에서 쓰는 그대로 표기했다. 두음법칙을 쓰지 않는 북녘 표기법으로 인해 일부 단어들이 다소 어색하게 보이겠지만 이 또한 북을 있는 그대로 이해하는 데 도움이 되리라고 생각한다. 평화통일을 간절히 소망하는 한 언론인의 북녘 체험을 담은 이 책이 오늘의 북녘 주민들을 이해하고 마음의 빗장을 열어 교류와 화합의 길로 나아가는 데 작은 도움이 되기를 바란다.

2020년 11월

로 창 현

제 **1** 부

자고 일어나면 달라지는 평양

북녘 속으로

기자로서 북녘 방문은 오랜 목표이기도 했다. 돌이켜 보면 기자생활 초기에 방북 취재할 기회가 있었다. 1990년 북경아시안게임이 열렸을 때 취재단의 일원이었던 난 축구를 맡고 있었다.

그때 북경에서 역사적인 남북통일축구대회가 전격 합의되어 아시안게임 취재단 중 각 사별로 한명씩 축구대표팀과 함께 북한으로 직행하게 되었다. 당시 우리 신문의 유일한 축구기자로 현장에 있었으니 평양서 열리는 통일축구대회도 가는게 마땅했다. 하지만 고작 3년차의 '신참'에게 역사적인 첫 방북 취재의 영광을 줄 리 만무했다. 축구팀장을 했던 고참선배가 '당연하게' 가는 모습을 부럽게 쳐다볼 수밖에 없었다.

이후에도 평양에서 통일축구가 한차례 더 있었지만 역시나 서열에서 밀려 기회가 돌아오지 않았다. 세월이 흘러 1999년에 통일농구대회가 평양에서 열렸을때 나는 5명의 후배들을 이끄는 농구팀장이었다. 하지만 불운하게도 이번에도 기회는 주어지지 않았다. 당국에 의

평양 개선문 대로 앞에 선 필자

해 소수의 '풀 기자'만 동행하도록 허락됐기 때문이다.

　한국서 15년 미국서 15년, 그럭저럭 30여년 기자생활을 하던 중 또
다시 방북취재의 '투혼'을 불사르게 된 것은 내가 대표기자로 있는 뉴
스로(www.newsroh.com)의 필진 강명구 마라토너 작가가 2017년
유라시아대륙횡단에 나서면서다.

　강명구 마라토너가 압록강을 건너 북녘을 종단한다면 평양에서 환
영해야겠다는 생각에 2018년 초부터 갈 수 있는 방법을 백방으로 알
아보았다. 그러나 강명구 마라토너 본인도 언제 어떻게 입북허가가 날
지 모르는 상황에서 현역기자로 개별 방북을 해야 하는 나로선 첩첩
산중에 오리무중이었다. 우여곡절 끝에 비자를 신청하고 한달여 후
LA의 풀뿌리통일운동가 정연진 AOK 상임대표 등과 함께 북경의 조
선총영사관에 입국비자를 받으러 날아갔다. 강명구 마라토너가 북 접
경지역인 중국 단둥에 도착한 2018년 10월 초의 일이다.

그러나 조선 총영사관에선 비자가 나오지 않았다는 청천벽력같은 얘기를 하는 것이 아닌가. 나중에 알게 되었지만 강명구 마라토너의 입북이 내부적으로 무산되면서 그의 평양 환영을 주된 방북 목적으로 신청한 우리까지 취소의 날벼락을 맞은 것이었다.

망연자실했지만 미국서 여기까지 날아왔는데 포기할 수는 없었다. 서울로 다시 돌아와 방북계획을 재작성하고 왜 방북해야 하는지 취지를 설명했다. 지성이면 감천이었을까. 불과 일주일만에 입북 비자가 나왔다는 소식을 받았다. 거의 유례없는 초스피드로 승인이 난 것이다. 사실 난 개인적으로 비자가 나올지 확신이 없었다. 다른 두 사람과 달리 현역기자의 신분인데다 사실상 개별 방북이나 마찬가지였기 때문이다. 북측이 볼 때 난 남조선의 '요주의 기자(?)'로 보일 수 있겠다는 생각을 했다. 최근 남북정상회담이나 공신력 있는 민간단체의 방북행사를 취재한 풀 기자와 달리 전혀 알려지지 않은 개인미디어의 현역기자에게 방북허가를 내준 것이 신기하기조차 했다.

그동안 따르지 않던 방북 운도 작용했다. 현재 미국 시민권자는 국무부의 여행허가 금지로 입북이 차단돼 있고 한국에 살고 있는 국민들은 통일부 허가 없이 개별방북이 불가능하다. 미국의 경우, 오직 영주권을 가진 해외동포들만 신고 후 방북이 가능한 상황이었다. 덕분에 동북아 정세의 격변기에 대한민국 국적자이자 미국의 시민인 현역기자가 방북하는 대단히 희귀한 사례가 된 것이다.

당초 예정보다 한달이상 늦은 11월 10일 서울을 출발해 경유지인 중국 심양에 도착했다. 매일 평양행 비행기가 있는 북경과는 달리 심양은 일주일에 두 편밖에 운행이 안 되지만 당일 비자를 수령하기는 편했다. 무사히 이날 오후 고려항공을 타고 평양 순안공항까지 날아갔다.

한시간이 채 안되는 짧은 여정이었지만 고려항공 안에서 복잡한 감회에 젖어들었다. 1990년 첫 방북이 무산된 후 무려 28년만의 여정이었다. 북한 비행기를 타고 가는 내가 마치 '통일기러기'라도 된듯 생각이 들었다. 고려항공의 상징은 두루미다. 심양에서 평양으로 남하하는 비행기 안에서 겨울이 오기전 따뜻한 남쪽으로 내려가는 철새의 모습이 반추되었다. 기자인생의 후반기를 남북의 화합과 통일을 위해 밀알이 되고픈 생각이 꿈틀거렸다.

　나름대로 많은 준비를 하고 북에 관한 자료들을 찾아보며 정보를 담아두었지만 막상 경험해 보니 '백문이 불여일견'이라는 말이 실감이 난다. 와르르 무너지는 편견도 있었고 전혀 생각치 못한 신선한 충격도 있었다. 북을 몰라도 너무 몰랐다. 아니 우리 민족의 거의 절반이 살고 있는 북에 대해 알려는 생각조차 하지 않았다는 뼈저린 자성을 하게 되었다. 그들 또한 우리에 대해 모르고, 오해하고, 편견을 갖는게 있을 것이다.

　그러나 우리의 핏속에 흐르는 한겨레의 동류의식, 누천년을 함께 하며 말과 문화가 통하는 한민족이라는 부인할 수 없는 사실은 70여년의 무자비한 단절을 단숨에 뛰어넘을 수 있다. 그래서 방북이후 한국은 물론, 뉴욕과 뉴저지, 펜실베니아, 버지니아, 워싱턴, 노스캐롤라이나, 조지아, LA 등지의 동포사회를 순회하며 '찾아가는 방북강연회'를 열었다. 비록 사진들과 동영상일망정, 북녘 동포들과 있는 그대로의 삶을 보면서 청중들은 예외없이 놀라움과 공감을 표현했다.

고려항공의 '통일기러기'

토요일 오후, 심양 공항의 탑승 게이트 앞엔 화장기 옅은 여승무원들이 환한 얼굴로 웃고 있었다. 북의 유일한 국적기 고려항공의 여승무원들에게선 뭔가 순수한 아름다움이 느껴졌다. 화려함 보다는 단아한 느낌이었고, 다소 수줍은 듯 승객을 대하는 표정도 인상적이었다.

아직은 낯선 북녘 말씨의 승무원이 건네는 로동신문을 들여다 보며 내가 평양 가는 비행기를 타기는 했구나 하는 실감이 들었다. 다소 낡은 러시아 일류신 항공기였지만 좌석은 비교적 편안했다. 내가 들어간 날은 토요일이었는데 승객들이 너무 없어서 의아했다.

150명 정도 타는 비행기였는데 어림잡아 30~40여 명밖에 안 되는 듯했다. 아무리 비수기라고 해도 주 2회 항공기에 이렇게 사람이 적으면 수지타산은 어떻게 맞나, 걱정이 될 정도였다. 승무원용 좌석이 부족한 탓인지, 아니면 승객이 너무 없어서인지 이착륙시 한 명이 우리와 같은 일반 좌석에 앉는 모습도 눈에 띄었다.

짧은 시간이었지만 간단한 햄버거와 같은 기내식도 줬고 민간약재인 면세품도 판매하는 시간도 있었다. 북한 민간약재의 효능이 꽤 괜찮다고 들었는데 암 치료 등 자가면역에 특효라는 금당2주사제 팜플렛을 살펴보니 외국에서 인정하고 찬사를 보내는 내용들이 가득했다.

"승객 여러분 지금 이 비행기는 압록강 상공을 지나고 있습니다."
20분쯤 지났을까. 기내 방송을 듣고 창문을 내다보았다. 도도한 강줄기가 흐르며 우리네 고향 산천과 같은 친숙한 풍경이 들어왔다. 저곳이 70년 이상 자유로이 오가지 못한 우리 민족의 북녘 땅이로구나... 가슴 한켠이 시려오는 느낌이었다.

소박한 지방의 공항같은 순안공항에 도착, 입국 심사대에 섰다. 다소 앳된 여성 근무자가 나를 맞는다. 뉴욕에서 온 동포라는 얘기에 고개를 끄덕이며 미소를 지었다. 첫 방북이었지만 전혀 낯설거나 긴장감이 들지 않았다. 남의 땅에서 해외동포로 십 수년 살아왔기 때문이었을까. 말투만 다를 뿐 얼굴도 같고 문화도 통하는 한핏줄이라는 생각에 정겹기만 했다. 세계 어디를 가든 입국 심사대에서 근무하는 이들은 거지반 무표정이거나 다소 고압적인데 북의 근무자들은 웃음기가 있었고 동포들에 대한 호기심 어린 표정도 느껴졌다.

2018년 11월 1차 방북시 일행은 나와 정연진 AOK 대표, 부부 화가 권용섭-여영난 화백이었다. 처음 신청할 때는 세 명이었지만 두 번째 비자를 재시도할 때 여영난 화백이 합류했는데 북당국이 함께 비자를 내준 것이다.

안내원 김선생과의 기싸움

짐을 찾는 벨트는 두 개가 있었지만 움직이는 것은 하나 뿐이었다. 늘 많은 승객들로 정신없는 공항만 다니다 한가로운 풍경이 낯설었다. 승객수에 비해 짐이 많은 편이었다. 중국에서 부치는 화물 짐들이 많은 모양이었다. 공연히 마음 한구석이 찡했다.

짐 찾는 곳 한쪽 벽에 초대형 세계 지도 장식물 붙어 있는데 뉴욕 등 주요 도시를 아날로그 시계 형태로 시간을 안내하는 것이 인상적이었다. 아시아에선 평양외에 싱가포르가 표시됐는데 원래 그랬는지, 그 해 6월 싱가포르 회담이 계기가 되었는지 모르겠다. 세계지도를 배경으로 기념 사진을 찍었다. 첫 번째 인증샷이었다. 공항내 부대시설은 원칙적으로 촬영 금지지만 가벼운 기념사진 정도는 허용하는 융통성이 있었다.

짐을 찾고나서 세관 통관 수속을 받았다. 제출하는 통관서류에 카메라 노트북 등의 숫자와 소지한 현금을 기재하도록 했고 책 등 출판

수화물이 나오는 곳엔 아날로그시계로 주요 도시 시각이 표시된 세계지도가 붙어 있다.

물과 카메라, 휴대폰에 문제가 되는 사진들이 있는지도 체크하는 모습이었다. 하지만 철저히 검사한다는 인상은 받지 않았다.

모든 입국 수속을 마치고 입국장에 나갔다. 7박 8일의 방북여정을 함께 할 '안내원'이 대기하고 있었다. (북에서 공식 호칭은 '안내'다.) 50대 김선생이었다. 그는 25년 경력의 베테랑이었는데 나중에 알았지만 현역기자가 포함된 우리 일행을 누가 안내하느냐가 쉽지 않은 문제였던 모양이다.

공교롭게 첫 만남부터 숙소문제를 비롯하여 보이지 않는 '기싸움'이 있었다. 그의 불끈 기질과 나의 기자 근성 때문에 몇차례의 긴장(?)도 조성됐지만 헤어질 때는 포옹을 하며 아쉬움을 달랠 만큼 정도 든게 사실이다.

방북하면 인원수에 맞는 차량과 함께 기본적으로 '안내'와 운전사가 한명씩 나온다. 달랑 네사람이니 미니밴 정도면 충분했지만 넉넉하게 15인승 미니버스를 배차해 편하게 다닐 수 있었다. 북에선 전세차량(미니버스이하) 운행비로 평양시에선 하루 20유로(25달러), 시외로 갈 때는 km당 1유로(1.2달러)를 지불해야 한다. 그래서 시외로 갈 때는 금액이 꽤 나오지만 일행이 나눠 내면 되니 큰 부담은 아니다.

7박8일의 짧은 여정이지만 내겐 알토란 같은 시간이었다. 자는 시간 빼고는 보고 듣는 매 순간이 취재였기 때문이다. 직업이 각각인 일행은 감사하게도 기자인 나를 배려해 전적으로 일정을 맞춰 주었다. 덕분에 사전에 준비한 일정을 30% 정도 변경해 남북연석회의의 역사가 담긴 쑥섬과 과학기술전당 등 원하는 곳들을 갈 수 있었다.

향산군에 있는 묘향산을 선택한 것도 잘 한 일이었다. 청천강의 계단식 발전소를 지나고 자강도 향산군의 전원 풍경에 더하여 묘향산 계곡에서 잊지 못할 추억까지 남길 수 있었다.

북녘을 다녀온 후 어디가 가장 인상 깊었냐는 질문을 많이 받는다. 발길 닿은 하나하나가 강렬하게 뇌리에 남아 있지만 두 개만 꼽는다면 개성의 박연폭포와 판문각을 들고 싶다.

박연폭포는 금강산의 구룡폭포, 설악산의 대승폭포와 더불어 3대 명폭으로 잘 알려졌다. 실제로 보니 왜 '송도삼절(松都三絶)'의 명성을 자랑하는지 고개가 끄덕여졌다. 높이(37m)에 비해 협소한 너비(1.5m)의 가느다란 물줄기가 3겹에서 5겹으로 흩어져 각각의 다른 속도로 떨어지는 장면은 가히 예술이었다. 황진이(黃眞伊)가 남긴 싯구가 용바위에 새겨지는 등 내로라 하는 문인들이 한결같이 비경에 넋을 잃을 만했다.

평양의 신새벽

　평양의 새벽은 희미한 안개에 젖어 있었다. 택시 몇 대가 두줄로 서 있다. 평양에 택시들이 크게 늘었다더니 밤새 손님들을 기다리는 택시들도 제법 되었다. 창너머 오른편으로 눈을 돌리면 김일성 주석과 김정일 위원장, 선대 지도자들의 대형 초상화가 조명 속에 환한 미소를 짓고 있다. 내가 평양의 한복판에 있다는 게 실감이 났다.

　해방산 호텔은 해방산 '구역'(서울의 '구' 개념과 같다)에 있다. 동쪽에 있는 해방산은 해발 35m에 불과한 언덕같은 산이다. 광복을 기념해 해방산이라고 지었다고 한다. 해방산 구역은 대동강변에서 한블럭 안쪽이었다. 평양의 최고급 호텔은 고려호텔과 량각도 호텔이라면 해방산 호텔은 평양호텔과 함께 그 다음인 고급 수준이다.

　사실 오기전 숙소는 북을 자주 다녀온 경험자가 추천한 평양호텔을 염두에 두고 있었다. 호텔은 도착 후 결정해도 된다고 들었는데 공항에 마중나온 안내 김선생은 해방산 호텔을 이미 예약했다고 한다. 미

첫날 새벽 호텔 창밖 풍경, 택시들이 줄지어 있다

리 얘기를 안한 실수는 있지만 바꿀 수 없냐는 요청에도 '안 된다'고 단호히 말한다. 좀 기분이 상했지만 그건 '안내'도 마찬가지였다.

"난 선생님들이 혹시 고려호텔을 원할까봐 걱정했습니다. 지금 방이 없어서 해방산 호텔로 정했단 말입니다."

자기딴엔 신경써서 해방산 호텔을 예약했는데 같은 급인 평양호텔로 못 해준다고 무슨 불만(?)이냐는 볼멘 소리였다.

찜찜한 느낌으로 숙소인 해방산 호텔에 도착했는데, 뜻밖의 선물같은 일이 기다리고 있었다. 호텔 앞 주차공간 전면에 로동신문사가 떡 하니 자리한 게 아닌가. 다른 일행이야 별 감흥이 없었겠지만 언론인인 나로선 북의 대표적인 신문사 바로 옆에 머무는 것만으로도 기분이 좋아졌다.

해방산호텔에선 트윈룸을 혼자 썼는데 가격은 조식 포함, 하루에 78달러였다. 둘이서 쓰면 88달러이니, 40%는 절약이 되는 셈이다. 호텔방은 아주 청결했고 꽃병이 놓인 탁자와 전화, TV, 헤어드라이어,

미니냉장고 등 기본적인 비품이 비치됐다. 바닥이 나무였는데 따뜻하게 데워져 맨발로 다니면 마치 온돌방에 있는 느낌이었다.

인상적인 것은 화장대 거울 앞에 가위와 실, 바늘이 들어 있는 작은 반짇고리함이었다. 수십년간 세계 여러나라의 수많은 호텔방을 경험했지만 반짇고리가 비치된 것은 평양의 호텔이 처음이었다. 이런 세심한 서비스라니, '디테일'에 강한 평양의 호텔이 아닐까.

2019년 2월에 해방산호텔이 북한최고인민회의 상임위원회로부터 신의주화장품공장과 함께 '김정일 훈장'이 수여됐다는 뉴스를 접했다. 공적 사유는 "봉사활동을 끊임없이 개선함으로써 인민생활을 향상시키고 나라의 대외적 권위를 높이는데 크게 기여했다"는 것이다.

북에서 관광산업은 외화벌이로서도 꽤 중요하다. 그런만큼 호텔의 봉사원들이 제공하는 서비스도 서방 제국 못지 않다. 내가 묵은 호텔이 봉사활동을 잘 해 상을 받았다니 직원들의 세심한 서비스가 떠올라 미소가 퍼진다.

보여주고 싶은 것만 보여주는 북한?

생애 첫 방북이었지만 이상할 정도로 마음이 평온했다. 처음에 북한에 간다고 했을 때 가족은 물론 가까운 이들도 특별히 놀라지도 않았다. 북을 다녀온 사람들이 한둘도 아니고 남북정상회담과 북미정상회담 등 매일 쏟아지는 빅뉴스에 익숙해진 탓일 게다.

해방산호텔에 묵는 동안 지척에 있는 로동신문사를 기자로서 한번 방문하고 싶은 생각이 굴뚝 같았다. 그러나 로동신문은 쉽게 넘을 수 있는 벽이 아니었다. 로동당 관할의 로동신문은 북녘 사람들도 함부로 드나들기 어려운 국가보안 시설이기 때문이다.

게다가 북에선 '남조선 기자'에 대해 그리 좋은 인상을 갖고 있지 않다. 사상과 이념이 투철한 북의 '언론전사들'에 비해 남의 자유분방한 기자들이 얼마나 '요주의'로 보이겠는가. 일부 기자들이 북을 다녀간 후 악의적으로 글을 쓴 경우가 많아 솔직히 신뢰도는 바닥이었다.

평양의 랜드마크 105층 류경호텔은 밤에 LED전구 12만개를 이용한 화려한 네온사인쇼를 펼친다

짧은 1차 방북이었지만 그간 가진 의문의 상당 부분을 해소할 수 있었다. 그래서 사람들에게 '기회가 된다면 북녘을 꼭 한번 방문해 보라'는 말을 한다. 미디어를 통해 본 북한, 막연히 알았던 북한과 직접 체험한 느낌이 너무나 달랐기 때문이다.

매일 밤 건물 전체에 LED등을 밝혀 네온사인쇼를 하는 류경호텔, 미래과학자거리와 려명거리 등 초고층 아파트촌의 밤풍경은 화려함 그 자체다. 대동강변이나 거리, 상점 등지에서 마주치는 시민들은 저마다 휴대폰(손전화기)을 들고 다니고 표정은 여유롭기만 하다.

어떤 이는 북이 보여주고 싶은 것과 좋은 것들만 보여준다고 말한다. 그러나 솔직히 말해 그들은 남조선 기자의 '홍보'를 원치 않았다. 충분히 자랑할 만한 것들인데도 취재를 탐탁치 않아 했다.

대동강 쑥섬에 있는 과학기술전당이 대표적인 사례다. 2016년 완공된 과학기술전당은 오늘날 위성로켓을 쏘아올리는 북의 과학기술의 모든 것을 함축하고 있는 곳이다.

이런 곳을 기자들이 취재하면 좋지 않겠냐고 했더니 웃으며 이렇게 말한다.

"로선생, 우리는 홍보 안 해도 됩니다. 편안히 잘 보시고 돌아가세요."

그들은 자존심과 자부심이 강했고 서방에 의해 채색된 '비정상'의 이미지를 두려워하지 않았다. 나 또한 보려한 것은 화려한 외관이 아니라 그들의 마음이었다.

"자고 일어나면 달라집니다"

"자고 일어나면 달라집니다."

첫 방북때 안내 김선생의 말이다. 평양의 변화상이 얼마나 빠른지 '자고 일어나면 달라진다'는 말이 유행어라는 것이다. 휴대전화가 필수품이 된지는 오래고 출근시간엔 교통체증이 예사로 벌어진다. 대동강변이나 거리에선 애완견과 산책하는 모습도 흔하다. 멋쟁이 젊은 여성이 거리를 활보하고 휴일 유원지엔 화사한 옷차림의 가족들로 인산인해를 이룬다. 십수년에 걸친 사상 최악의 경제제재 속에서도 오히려 살림살이가 나아진 듯한 오늘의 북한. 시민들의 얼굴엔 여유가 느껴진다. 대체 무슨 일이 벌어진 것일까.

평양은 고구려의 수도로 1500년이 넘는 장구한 역사를 자랑하는 고도(古都)이지만 한국 전쟁 때 미군의 엄청난 폭격으로 초토화되었다. 남아 있는 건물이라곤 대동강변에 위치한 대동문 하나인데 미공

군이 폭격시 지표로 삼기 위해서 남겨 두어 온전할 수 있었다.

당시 평양인구가 약 40만명인데 투하한 폭탄수가 50만발이 넘었고 2차대전중 미군이 투하한 폭탄보다 많은 양이라고 한다. 오죽하면 미 공군이 공습을 나갔다가 더 이상 폭격할 데가 없다고 보고하고 귀환했다는 일화가 남아 있을까.

북은 전쟁후 사력을 다해 복구에 나섰다. 무너진 역사 유적지도 최대한 원래 모습대로 복원했고 평양 전 시가지를 사회주의 국가 최고의 계획도시로 만들기 위해 총력을 기울였다.

이 과정에서 '북 건축의 아버지'로 불리는 건축가 김정희(1921~1975)가 큰 역할을 맡은 것으로 알려졌다. 1953년 오늘의 평양 기본 틀을 잡은 주인공이다. 해방 직후 북의 첫번째 해외 유학생으로 선발된 김정희는 1950년대 초반까지 모스크바에서 유학하고 돌아온 뒤 1960년대 중반까지 건축가동맹 초대 위원장이자 평양도시계획국 국장을 지냈다.

오늘날 평양은 산(대성산 룡악산 모란봉)과 강(대동강 보통강)의 아름다운 자연환경과 대규모의 공공건물과 사회주의 기념물이 가득찬 극장같은 도시다. 지구촌의 도시건축가들이 참관을 위해 찾아오기도 한다.

세계 주요 도시마다 랜드마크나 아이콘들이 있지만 평양만큼 상징하는 건물과 기념물이 많은 도시도 드물다. 세계에서 가장 높은 돌탑인 주체사상탑을 비롯하여, 프랑스 개선문보다 웅장하고 화려한 개선문, 김일성광장, 조국통일3대헌장기념탑, 노동당 창건기념탑, 3대혁명기념관, 평양 타워 등이 그렇다.

몰라보게 달라진 평양의 도심

©정연진

원자핵 구조를 건축 디자인으로 삼은 대동강 쑥섬의 과학기술전당은 '과학적 미관'이 돋보이는 대표적 건물이다. 평양대극장과 인민문화궁전. 만경대학생소년궁전 등 공공건물들도 전통과 현대를 조화롭게 구성하고 있다는 평가를 받는다.

앞서 소개했듯 매일 밤 네온사인 쇼를 펼치는 105층 류경호텔과 고려 호텔, 양각도 호텔, 옥류관, 청류관 등 일반 건물들도 대부분 개성미와 독창성을 자랑한다.

세계 최대인 15만명 수용 규모의 능라도 5.1경기장을 비롯하여 국가대표 선수촌건물과 태권도전당, 축구장, 농구장, 수영장, 배드민턴장 등 전용 체육관들이 2km에 걸쳐 자리한 청춘거리 체육촌도 평양의 볼거리들이다.

2014년 창전거리, 2015년 미래과학자거리, 2017년 려명거리 등 대규모 살림집(아파트) 건설을 통해 40층에서 70층대의 초고층 건물들이 솟아나면서 평양의 스카이라인을 바꿔 놓았다.

3년만에 방북한 정연진 대표는 주체탑 위에서 평양 전경을 바라보며 "새로 지어진 건물도 많고 무엇보다 평양이 전체적으로 밝고 화사해졌다"고 말했다.

아침 대동강변 산책길에도 강변쪽에 아파트인지 사무실인지 모를 건물 공사가 한창인 곳을 지났다. '천리마 속도'가 요즘엔 '만리마 속도'가 되었다니 요즘 북녘의 변화 속도는 남녘을 능가하는 듯싶다. 그러면서도 특유의 독창성을 살리려 하는 노력이 엿보인다.

서울과 평양은 닮은꼴

평양에도 종로가 있다. 처음 평양에 갔을 때 종로책방이라는 간판이 보여 공연히 정겨웠다. 서울에서 자란 중년 이후의 기성세대는 종로서적의 추억이 있을 것이다. 80년대 젊은이들은 종로에서 만날 약속을 하면 '몇시에 종로서적 앞에서 보자'고 약속했고 기다리다 안오면 입구에 달린 작은 게시판에 '○○아 어디로 간다'라는 메모를 남기고 갔다.

같은 역사 같은 언어를 쓰는 하나의 민족이 지명도 비슷한 것은 당연하다. 오랜 분단의 세월속에 북에선 행정구역이 대폭 개편되면서 새로운 명칭들이 많이 생겨났는데 혁명과 승리의 이름도 많지만 평양의 세거리동, 긴마을들, 련못동, 옷매동, 옻고래동, 독골동, 긴골리, 세우물리, 함흥의 금빛동, 은빛동 등 이쁜 토박이 이름도 적지 않다.

서울과 평양은 해방전 '경평축구'라는 축구대결도 있다시피 역사적으로 각각 중요한 수도였고 오늘날 남북 체제를 각각 대표하는 도시로 라이벌 구도를 형성하고 있다.

서울에서 남북으로 가로지르는 한강이 있듯 평양엔 동서로 흐르는 대동강이 있다. 대동강의 지류인 보통강은 한강과 만나는 중랑천이나 청계천, 탄천이 떠올려진다.

평양은 서울의 구와 같은 '구역'이 18곳 있고 외곽의 강동군과 강남군도 행정구역 안에 있다. 서울에선 종로가 구지만 평양에서 동 개념으로 공교롭게 중구역에 있다.

여기서 퀴즈, 서울에서 대구와 평양중 어디가 가까울까?

정답은 평양이다. 평양까지 철도로 약 260km 거리인데 대구는 280km다. 직선거리로는 195km밖에 안 된다. 고속도로가 있다면 차로 2시간이면 닿는 가까운 곳에 평양과 서울이 있는 것이다. 그럼에도 얼마나 지난 70여년간 양 도시는 얼마나 멀게 느껴졌는가.

놀랍게도 1970년대만 해도 서울과 평양 말씨는 비슷한 편이었다. 이따금 유튜브를 통해서 그 시절 영화나 드라마, 아나운서의 말투를 보면 평양과 상당히 유사하다. 분단 이전까지 서울 사람들의 말투와 문화는 개성 등 황해남도 사람들과 가까웠던 것이다.

숙소인 호텔 근처에 대동문 책방이 있었다. 안내 선생에게 책방 구경 좀 하자고 해서 들어갔는데 대동문 책방 옆에 있는 외국문 책방으로 안내한다. 영어 등 각종 외국어로 된 서적들이 있는 곳이다. 평양 시민들이 이용하는 책방을 가고 싶었는데 갑작스러운 요청에 무작정 데려가기가 좀 그랬던 모양이다. 책방은 아담했고 간단한 기념품도 함께 팔고 있었다. 그런데 특이한 책이 눈에 띈다. 청각장애인을 위한 수화(手話) 책자였는데 10권으로 된 시리즈였다.

수화를 북에선 '손말'이라고 한다. 안타까운 것은 남북의 수화가 서로 의미가 다른 것들이 있어 의사소통이 제대로 안된다는 사실이다. 가령 남쪽에선 '깨끗하다'라는 동작이 북한에선 '새롭다'가 되고 '감사합니다'는 북녘에선 엉뚱하게 '김치'라고 이해된다.

떨어져 지낸 세월도 안타까운데 수화도 통역이 필요하다면 너무 서글프지 않은가.

외국인을 위한 국영문 수화책

아침 산책의 즐거움

　평양에서 가장 즐거운 시간은 바로 아침 산책이다. 사전에 마련한 스케줄에 따라 바쁘게 움직이는 일정과 달리 아침에 대동강변 산책은 그 어떤 곳을 가는 것보다 즐겁고 보람차다.

　방북시 호텔을 추천한다면 평양호텔과 해방산호텔을 권하고 싶다. 앞서 소개했지만 평양에서 가장 유명한 호텔은 최고급 수준인 고려호텔과 양각도국제호텔이다. 평양역과 인접한 고려호텔은 45층 쌍둥이 건물로 쾌적하고 편리한 시설이 뛰어나며, 섬(양각도)에 위치해 실제(47층)보다 훨씬 높아 보이는 양각도호텔은 객실에서 평양의 멋진 스카이라인을 감상할 수 있다.

　이들에 비해 해방산호텔과 평양호텔은 상대적으로 저렴하거니와 대동강변 산책을 즐길 수 있다는 점이 더할 수 없는 매력이다.

　평양호텔은 대동강변에서 한블럭, 해방산호텔은 두블럭 떨어져 있다. 호텔이 대동강을 경계로 서쪽에 있어 이른 새벽 강변에 나가면 건

아침 대동강변 산책하면 강건너 동평양 방향에서 일출을 볼수 있다.

너편 동평양의 주체사상탑을 배경으로 서서히 붉은 해가 솟아오르는
장관을 볼 수 있다.

　해방산호텔에서 대동강변으로 나가면 바로 앞에 대동교가 눈에 띈
다, 차량과 아침 출근길 보행자들이 분주히 오가는 모습을 볼 수 있
다. 강변 곳곳에 배드민턴 코트가 있어 아침 운동을 즐기는 사람들과
여성들이 모여 (가끔 남성도 섞인 것을 보았다) 조선춤(북녘식 전통춤)
을 즐기는 집단 군무도 낯설지 않은 풍경이다.

　여성들이 조선춤을 즐긴다면 남성들의 취미 1순위는 단연코 낚시
다. 긴 대동강변을 따라 양쪽에 매일 수백명의 낚시꾼들이 아침 낚시
에 열공하고 있다. 강변을 오가는 사람들은 산보하는 사람도 있지만
출근길 자전거를 타고 가는 시민과 학생들도 많다.

대동강변에 이처럼 사람이 많은 것은 접근성이 좋기 때문이다. 한강 고수부지의 경우 대로에서 접근하려면 제법 거리가 있지만 대동강변은 큰 길과 바로 인접해 작은 뚝방도로길도 있어서 걷거나 자전거를 타고 가기가 편리하다.

아침 산책을 선호하는 것은 평양 시민들과 스스럼없이 대화할 수 있는 기회가 많은 덕분이다. 낚시하는 사람, 조선춤 추는 여성들, 해돋이 풍경을 전문 카메라로 촬영하는 젊은이들, 강아지와 산책을 즐기는 사람들...

먼동의 붉은 기운을 머금은 채 유유자적 흐르는 대동강이 시민들의 마음을 한결 여유롭게 하는 것일까. 인사를 하면 대부분 환한 미소와 함께 친절하게 답을 해준다.

부부로 보이는 중년의 남녀가 서로의 허리를 감싸안은 채 다정히 걸어가는 모습도 보았다. 저 정도 나이의 부부라면 남쪽에서도 닭살 돋는다며 감히 하기 힘든 애정 표현인데 다른 곳도 아닌 평양에서 목격할 줄은 정말 몰랐다.

대동강변에서 만난 강쥐 '아베'

대동강수산물 식당에서 만찬을 마치고 돌아오는 길에 려명거리 밤 풍경을 잠시 즐겼다. 호텔에 도착후 김선생이 "내일 아침 식사전에 대동강변 걸읍시다" 한다. 내내 차를 타고 달리는 주마간산에 지친 우리의 마음을 읽은 듯 했다.

이튿날 6시반 호텔 로비에 모였다. 앞서 소개했지만 해방산 호텔은 대동강변에서 두블럭 안쪽에 있어 5분안에 강변 산책로에 닿을 수 있다.

먼저 지하도를 하나 통과했다. 불빛이 없어 어두컴컴했다. 아무래도 전기 사정 때문인 것 같았다. 강변에 들어서니 바로 앞에 대동교가 보인다. 이른 아침부터 대동교는 차량 물결이었고 걸어서 들어오는 이들도 많았다.

새벽공기는 차가웠다. 두툼하게 옷을 챙긴 우리는 괜찮았는데 김선생은 외투도 없이 나와 조금 추워보였다. 화첩이 들어있는 권 화백의 배낭을 달라고 해서 어깨에 맨다. 등이라도 가리니 덜 추운 모양이다.

강너머 동녘엔 일출의 붉은 기운이 감돌고 있다. 강가에 가까이 갔더니 낚시를 즐기는 사람들이 대여섯명 보인다. 한강 고수부지처럼 배구와 배드민턴 시설이 있어 몇몇 시민들이 아침 운동을 하고 있다.

유람선 식당도 눈에 띄었다. 소백수호와 무지개호 두척이 눈에 띈다. 무지개호는 실제로 움직이는 것은 아니고 강변에 정박한 형태로 세워진 식당이다. 선상에서 식사를 즐기고 배도 타는 진짜 유람선 식당은 대동강호가 있다. 멋진 대동강변의 풍치와 시내 야경을 감상하는 것은 물론, 선상 가수들이 제공하는 노래 공연과 만찬을 즐길 수 있다.

일행과 함께 걸어가는데 애견을 데리고 산책하는 중년의 남성과 마주쳤다. 강아지가 우리에게 다가와 꼬리를 친다.

정연진 대표가 '강아지 이름이 뭐에요?' 했더니 뜻밖의 대답이 들어온다.

"아베요!"

"???"

　왁자하니 웃음꽃이 피었다. 김선생도 "아베? 허 참" 하며 너털웃음을 터뜨렸다. 대동강변에서 만난 아베는 귀엽고 주인 말도 잘 따르는데 바다 건너 아베는 왜 그렇게 밉상 짓만 골라서 하는지… "일본의 아베가 평양의 아베 반이라도 따라오면 좋겠다"며 한바탕 웃음꽃이 피었다.

　남과 북의 겨레가 도리없이 하나의 민족이라는 생각은 일본이나 중국을 주제로 얘기할 때 어김없이 든다. 구태여 설명할 필요는 없을 것이다. 남이나 북이나 어쩌면 그렇게 생각들이 비슷한지 모르겠다.

　대동강변에서만 애견을 본게 아니다. 평양의 거리 종로에서도 애견을 동반한 주민을 봤고 공원도 마찬가지였다. 바야흐로 평양에 애견문화가 자리잡고 있는 것이다. 반면 평양의 단고기(보신탕) 식당은 간판을 찾기가 어려웠다. 일주일 넘게 돌아다니면서 딱 한곳의 단고기 식당 간판을 보았다. 확실히 보신탕을 즐기는 사람들이 과거보다는 줄어든 것이다.

10

북녘 주민의 초상권

기자 입장에서 늘 따라붙는 '안내'가 불편하기도 하지만 여행자 입장에서 그들은 아주 편리한 존재다. 우선 궁금한 많은 것들을 즉석에서 물을 수 있고 상품을 주문하거나 부탁할 수도 있다. 늘 옆에서 챙겨주는 비서처럼 문화 관습의 차이로 인한 실수도 방지할 수 있다. 북을 방문하는 여행자에게 '안내'는 가이드 겸 보호자요, 문제해결사이다. '안내'는 북한여행의 특색이자 매력인 셈이다.

김선생이 우리 '안내'가 된 데는 사연이 있다. 당초 해당 사업부에선 우리를 누가 맡아야 할지 고심이 많았다. 우리가 단순한 관광여행객이 아니었고 각기 방북 목적이 다른 데다가, 무엇보다 현역 기자의 존재가 무척 신경 쓰이는 부분이었다.

남북교류가 끊어진 지난 10년의 세월은 말할 것도 없고, 판문점 선언이후 북을 방문한 기자들도 정부 대표단의 풀기자단으로 제한된 일정만 참여했다. 하물며 낯선 배경의 현역 기자가 적잖이 신경 쓰였을

조선중앙동물원에서 사진찍는 평양시민들

것이다. 만일 내가 방북중에 민감한 어떤 것을 취재해 밖에서 터뜨린
다면 담당했던 안내가 책임을 질 수도 있다. 그런 위험부담(?) 때문에
해당 사업부의 최고참 김선생이 "내가 하겠다"고 자원한 것이다.

공항에서 '상견례'할 때부터 까다로왔던 '남조선 기자'를 보고 그는
며칠간 긴장의 끈을 놓지 않았다. 하긴 양손에 셀폰 두 대를 들고, 목
에는 카메라를 걸고 스틸사진과 동영상을 쉴새 없이 찍어댔으니 그럴
만도 했다. 어쨌든 내가 관찰 대상이 된 덕분에 다른 일행은 그만큼
편하게 사진 촬영을 할 수 있었다.

북에서 사진 촬영은 기본적으로 자유롭다. 한두가지 주의를 기울일
게 있지만 지극히 상식적인 판단을 하면 된다. 어느 나라를 가든 군시
설이나 공공기관 등에선 사진 촬영이 금지된다. 북도 마찬가지다. 김일
성-김정일 부자의 초상화나 동상 등을 촬영할 때(배경으로 찍힐때)는
잘리지 않고 한 화면에 들어가면 된다. 그들이 숭모하는 대상이 사진

거리의 평양시민들

속에서 잘리면 심각한 훼손으로 느끼는 것이다.

과거 2003년 대구 하계유니버시아드대회에 참석한 북녘의 '미녀응원단'이 버스로 이동하다 김정일 국방위원장 사진이 있는 플래카드가 비를 맞는 모습을 목격했다. 이들이 "장군님 사진이 비를 맞는다"며 울음을 터뜨리며 플래카드를 거둬간 해프닝이 있었다.

혹시 북에서 금기시하는 사진을 실수로 찍었다 해도 걱정할 일은 아니다. 출국할 때 전혀 검사하지 않기 때문이다. 다만 입국시에는 문제가 있다고 판단하면 사진이나 동영상을 체크하고 지워달라는 요청을 한다. 소지한 물건중 일종의 불온 선전물(?)이 있는지, 혹시라도 주민들한테 흘러가지 않도록 경계하는 것이다. 따라서 원칙적으로 출국할 때는 특별한 검사를 하지 않는다.

북 주민의 초상권을 보호해달라는 내용도 신선한 경험이었다. 거리 등 공공장소에서 사진을 촬영할 때 주민들의 얼굴을 무분별하게 찍지

말아달라는 거다. "모르는 사람이 자기 얼굴을 찍으면 누가 좋아하겠습니까?" 초상권을 떠나 당연한 말이다.

최근 북을 누구보다 많이 방문한 진천규 통일TV 대표도 방북강연회에서 평양의 한 여중생이 얼굴을 동의없이 찍었다고 지워달라고 요구한 경험담을 들려준 적이 있다. 우리 언론은 북한의 저작물을 활용하거나 주민들의 사진을 보도할 때 저작권/초상권을 소홀히 생각하는 경우가 많다. 하지만 북한에서도 최근 저작권 보호문제를 중요하게 인식하고 평양 여중생의 사례에서 보듯 초상권을 당당하게 제기하는 주민들도 늘고 있다.

이는 아마도 최근 수년사이에 엄청난 속도로 보급된 휴대폰의 영향도 있을 것이다. 북한에서 '손전화기'로 불리는 휴대폰은 2012년 이후 본격 출시돼 현재 보급대수가 800만대 이상으로 주민 세명당 하나꼴로 보유하고 있는 것으로 평가된다.

북녘 시민들 역시 휴대폰으로 활용할 수 있는 모든 것을 한다. 외부 인터넷은 통제되지만 자체 소프트웨어와 통합전산망(인트라넷)을 통한 정보 검색, 뉴스 읽기, 게임, 생활에 필요한 앱 등 다양한 서비스를 즐기고 있다. 카메라 화질도 서방의 최신폰 품질과 거의 차이가 없다.

법운암과 백범 김구의 추억

평양에 도착한 날이 토요일이어서 공식 일정은 일요일부터 시작됐는데 봉수교회 방문이 예정돼 있었다. 재미동포들이 기독교 신자가 많다 보니 알아서 배려한 일정 같았다. 그러나 봉수교회는 언론에 의해 많이 소개되었으니 교회보다는 절에 가면 좋겠다고 했더니 행선지를 룡악산 법운암으로 돌렸다. 결과적으로 아주 좋은 선택이었다.

예로부터 '평양의 금강산'이라는 명성을 갖고 있는 룡악산은 중생대 지형으로 기암절벽의 산정 모양이 마치 룡(용)이 날아가는 듯한 모양이라서 붙은 이름이다. 해발 300미터 밖에 안되지만 날카로운 벼랑과 바위, 수백길 낭떠러지 덕분에 높이의 체감은 1천미터 급이었다.

법운암은 고구려 시대 창건된 영명사(永明寺)의 부속 암자로, 영명사는 평양의 중심지인 모란봉 구역에 있고 법운암은 만경대 구역에 있다. 평양은 대동강구역, 보통강구역 등 18개 구역(서울의 '구'와 같다), 2개 군(강남군, 강동군)으로 이뤄진 도시다.

법운암에서 백범 김구를 회상하다.

　고구려의 수도였고 고려 때 서경으로 불린 평양은 대동강과 그 지류
인 보통강을 끼고 있다. 평양 금수산 모란봉 언덕에 있던 영명사는 인
근의 법흥사와 함께 평안남도 지역을 대표하는 대사찰이었다. 모란봉
은 조선8경 중 하나로 꼽혔다. 대동강과 능라도, 평양 시내를 한눈에
내려다 보이는 곳에 지어져 예로부터 명승지로 유명했다. 그 아래쪽에
부벽루가 있고 인근에 을밀대 등 평양8경의 명소들이 자리하고 있다.

　그 영명사가 지금은 흔적도 없이 사라졌다. 한국전쟁중 가해진 미군
의 폭격 때문이다. 전쟁으로 잿더미가 된 것이 어디 한두개랴마는 수
천년의 고도(古都) 평양이 겪은 비극은 너무도 참담했다.

　영명사의 부속 건물인 법운암은 암자이지만 아담한 법당과 함께 뒤
편에 삼성각(산신각, 칠성각, 독성각)이 있고 작은 탑이 안마당에 세워
져 어엿한 절의 위상을 갖춘 곳이기도 했다.

백범 김구 선생이 젊은 시절 출가 후 2년간 이곳에서 생활했다는 얘기에 가슴 뭉클했다. 약 1500여년 전 세워진 이래 애국심 많은 스님들을 배출했는데 암자 바깥에 있는 세 그루의 은행나무는 임진왜란 당시 이 절의 젊은 스님 세 분이 승병으로 평양성 탈환 전투에 나서면서 각각 심은 것이라 했다.

법운암 주지 대평스님은 "미군 폭격기가 무려 40만발의 포탄을 평양에 무차별로 퍼부었지만 법운암은 벼랑 가까이 위치해 미군기가 폭격하지 못해 화를 면할 수 있었다"는 얘기를 들려주었다.

고구려의 수도였던 평양은 장구한 역사를 자랑하지만 온전한 역사 유적지를 찾기는 쉽지 않다. 당시 눈에 보이는 모든 것을 폭격하라는 명령에 따라 폭격의 표식으로 삼은 대동문을 제외한 대부분이 사라졌기 때문이다. 평양의 서문인 보통문도 소실 위기에 처했지만 불 붙은 것을 주민들이 꺼서 간신히 살아남을 수 있었다. 이때문에 평양은 전쟁후 복구한 많은 문화재들과 새로운 기념물들로 신구가 어우러진 거대한 복합도시의 느낌이 강하다.

12

묘향산 보현사의 신혼부부

안타까운 마음은 오기 전날 방문한 보현사에서도 이어졌다. 보현사는 자강도와 인접한 평북 향산군의 수려한 묘향산에 위치한 북한 최고의 사찰이다. 부처님 진신사리가 봉안된 불보사찰이요, 청운대선사 등 북한 불교를 대표하는 큰스님들을 배출한 사실상의 종찰(宗刹) 역할도 맡고 있다.

임진왜란으로 나라가 풍전등화의 위기에 처했을 때 이곳에 주석하던 서산대사는 72세의 노구를 이끌고 나와 전국의 사찰에 승병을 일으키도록 했다. 평양성 수복에 성공한 후 서산대사는 제자인 사명대사에게 뒷일을 맡기고 다시 묘향산에 들어가 보현사에서 입적했다.

보현사도 한국전쟁의 참화를 피해가지 못했다. 전쟁 전 30채가 넘는 절집들이 있었지만 미군 폭격으로 만세루 등 3분의 2가 파괴되었다.

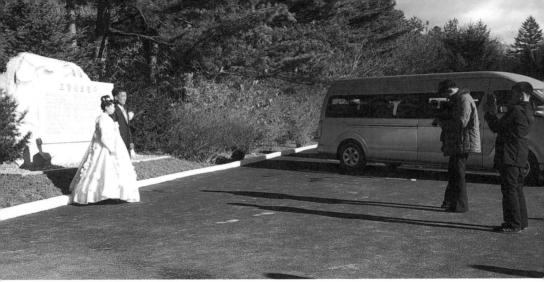

묘향산 보현사의 신혼부부

유럽은 1,2차 대전당시 전역이 전화에 휩싸였지만 역사적인 유적물
은 대부분 손상되지 않고 보호됐다. 그에 비하면 북녘 땅이 겪은 피해
는 너무나 참담했다. 그들에게 극동의 작은 나라 유적과 무고한 주민
들은 고려의 대상이 아니었을까.

보현사 앞에서 미니밴을 타고온 신혼부부 일행과 마주쳤다. 그들과
도 짧은 대화를 나눌 수 있었다. 사실 말을 건네기가 조심스러웠는데
일행중 한 사람이 우리를 향해 접근하며 말을 붙였다. 아주 쾌활한 친
구였다.

우리가 미국에서 왔다는 얘기에 환한 표정을 지으며 "이렇게 만났
는데 신혼부부한데 덕담 좀 해주시라요" 하는 거다. 우리의 축하에 신
랑신부는 얼굴을 붉히며 수줍어 했다. 그들과 기념사진도 찍었다. 지
금쯤 그들도 보현사 앞에서 만난 낯선 미국동포들과 함께 한 짧은 시
간을 돌이키고 있을 것이다.

비단 보현사만이 아니더라도 명승지와 사적지에 가면 막 결혼식을 올린 신혼부부들이 눈에 띄었다. 화사한 한복차림의 여성들과 말쑥하니 양복을 입은 신랑들이 봄가을에 특히 많이 보인다.

북에선 보통 결혼식을 신부 집에서 올린다. 신랑이 신부집에 와서 상을 받은 뒤, 신부를 데려가는 형식이다. 직장 상사나 친구가 사회 겸 주례를 맡고 조촐한 피로연도 진행한다. 과거엔 결혼식이 종일 걸리는 동네 잔치였지만 요즘엔 결혼문화가 많이 바뀌어 결혼식 전문 식당에서 3시간 이내 식을 끝내기도 한다.

혼수는 신랑이 보통 옷감과 화장품을, 신부가 장롱과 재봉틀, 그릇, 이불, 가전제품 등을 준비한다고 한다. 신혼부부를 위한 주택은 사전에 국가에 신청하여 공급받기 때문에 우리처럼 '내 집 마련'에 신경쓸 일이 거의 없다. 세상 어느 곳이든 평생을 함께 할 짝과 새로운 출발을 하는 젊은 커플은 보는 이들에게도 행복감을 안겨준다.

시부모와 함께 사는 경우 큰 집이 필요하면 '주택 교환'으로 해결한다. 큰집에 살지만 식구들이 줄어서 작은 집을 원하는 사람과 집을 맞바꾸는 것이다. 이때 큰 집에 들어가는 사람이 가치의 차액을 일정하게 지불한다. 일종의 매매인 셈인데 남녘마냥 복덕방은 없으니 당국의 허가를 받아 합법적으로 교환한다.

13

북녘여행의 묘미 식도락

금강산도 식후경이라고, 이번 방북여행에서 빠질 수 없는 즐거움 중 하나는 역시 '식도락(食道樂)'이었다. 저 유명한 옥류관 냉면을 필두로 문재인 대통령과 김정은 위원장이 평양 시민들과 함께 한 새로운 명소 대동강수산물식당의 철갑상어회를 비롯, 강냉이(옥수수)국수, 각종 유기농 두부요리와 퓨전 음식에 이르기까지 다채로운 북한 요리들을 맛볼 수 있었다.

네차례의 방북에서 식당은 해방산호텔과 평양호텔, 고려호텔의 식당을 비롯, 옥류관 청류관, 신흥명소인 대동강수산물식당과 삼선암. 해동식당 등 다양한 곳을 이용할 수 있었다. 전통적인 한식당도 있었고 퓨전식당, 재일동포와 합작한 식당도 있었다.

북한 식당의 한가지 특징은 한결같이 호화로운 '메뉴 책'이 있다는 것이다. 물론 순수하게 평양 대중들만 이용하는 식당들은 아니지만 중간규모 이상의 식당들은 작은 백과사전만한 크기의 메뉴책도 있었다. 모든 음식들이 컬러 사진과 함께 가격이 표시되어 고르기가 편했

강냉이국수

다. 남쪽과는 다른 용어로 가령 채소는 남새, 달걀은 닭알, 튀김은 튀기 등 음식 이름들을 골라 보는 재미도 쏠쏠했다.

북에선 반찬이 따로 나오지 않는다. 김치도 주문을 해야 했는데 북녘 말로 가격이 눅어(싸서) 사실 부담이 없었다. 요리 두세가지에 각자 식사에 주류까지 시켜도 어림잡아 서울 가격의 2분의 1, 미국 가격의 3분의 1 정도에 불과했다.

주문해서 나오는 김치라 그런지 백김치든 홍김치든 아주 알맞게 익은 맛이 삼삼했다. 아쉽다면 어디나 맛이 비슷했다는 것이다. 개인적으로 인상깊은 세 가지를 든다면 두부와 고추된장조림, 강냉이(옥수수) 국수다.

요즘 유전자조작콩 GMO 식품으로 말들이 많은데 수입 자체가 안되는 북녘 두부는 100% 유기농일 수밖에 없을 것이다. 그래서일까. 어느 식당에 가든지 두부는 고소하다 못해 달달하기까지 했다.

고추된장 조림은 가지와 풋고추를 익혀 일종의 볶음 된장에 버무린 것인데 이것 하나만 있으면 밥 한공기를 그냥 뚝딱 해치울 정도였다. 강냉이국수(사진)는 아예 간판으로 내건 전문점들도 있지만 일반식당에서도 주문할 수 있는데 옥수수와 고구마를 섞어 연노랑의 색깔도 인상적이었고 식감도 훌륭했다. 기회가 있으면 남쪽이나 미국에 강냉이국수 전문점을 차려도 좋겠다는 생각이 들었다.

신형 휴대폰 사려고 장사진

개성 가는 길에 놀라운 장면을 목격했다. 판문점 방문을 마치고 개성 시내로 들어가는 길목이었다. 한 상점 앞에 사람들이 구름처럼 모여 있는 것이다. 차로 스치며 간판을 얼핏 보니 '정보통신기재 판매소'라고 돼 있다.

김선생에게 '왜 저렇게 사람들이 모여있냐'고 물었더니 "아, 손전화기(휴대폰) 사는 겁니다. 신형 손전화기 사려는 줄입니다" 하는게 아닌가. 놀라지 않을 수 없었다. 북에서도 우리처럼 신형 휴대폰이 나오면 먼저 구입하기 위해 장사진을 이룬다는게 신기했다.

하지만 이런 충격도 따지고보면 북에 대한 편견일 것이다. 이곳도 사람 사는 곳 아닌가. 우리에게 당연한 것이 북녘 주민들에게도 일상화 되는 것이 어찌보면 당연한 일이다. 우리의 놀라움은 북을 그만큼 모르고 있다는 반증이 아닐까.

인공위성을 자력으로 발사할 수 있을 정도의 과학기술을 갖고 있는

신형휴대폰이 나오는 날 개성의 한 상점에 사람들이 장사진을 이루고 있다

나라가 선진제국이 향유하는 테크놀로지를 적용하지 못할 게 뭐 있겠는가. 북은 2017년 수소탄 실험을 끝으로 핵무력 완성을 선포하면서 "핵억지력을 갖춘만큼 경제에 매진하겠다"고 공언한 바 있다.

그 경제의 상징은 지금 자고 일어나면 세워지는 평양의 건설 붐과 대부분의 시민들이 손에 들고다니는 손전화기다. 북에서 스마트폰은 '평양', '아리랑', '진달래' 등의 브랜드가 있는데 만경대기술정보사가 제작한 진달래 3은 애플의 아이폰과 삼성전자의 갤럭시 디자인을 반씩 섞어놓은 듯 꽤 세련된 디자인이 돋보였다.

이들 손전화기는 '조선식 운영체제'라는 자체 OS를 갖췄고 '봉사시장'이라고 불리는 자체 앱스토어에서 앱을 다운받을 수 있다. 인터넷은 세계인들이 사용하는 월드와이드 www 대신 자체 인터넷망인 인트라넷을 쓴다. 이름하여 '광명망'이다. 자체 인트라넷을 쓰는 이유는 물론 외부와의 차단 통제 때문이다.

외부세계와 연결되는 인터넷을 안 쓴다고 북의 스마트폰 문화를 낮추어 볼 필요는 없다. 북한은 미국의 강력한 압력에 따라 유엔이 총대를 맨 안보리의 제재를 수십년에 걸쳐 받았다. 통상을 제한하고 무역 창구를 봉쇄하며 철저히 고립시킨 것은 유엔과 서방인데 북이 스스로 문을 걸어잠근 채 이조말기 쇄국정책을 한 양 몰아붙이는 것은 언어도단이다.

북한을 진정 개혁개방의 길로 인도하고 싶다면 대북제재를 하루빨리 풀고 정상적인 통상 수교를 맺어 지구촌 시장에 편입하도록 해야 한다. 풍계리 핵실험장, 동창리 미사일발사장의 폭파 등 선도적 조치를 취한 북이 종전선언후 평화협정을 맺자는 것은 지구촌의 일원으로 함께 하겠다는 의지의 증거로 봐야 한다. 미국이 북녘 주민의 생명을 위협하는 최소한의 제재를 풀면서 신뢰를 준다면, 그들도 더욱 통 큰 결단을 내릴 수 있을 것이다.

북녘에서 스마트폰은 하나의 혁명이다. 손전화기 보급은 북의 정치 경제 산업 문화 전반에 걸쳐 혁신적인 변화를 추동하고 있기 때문이다. 불과 1년도 안되는 사이에 남북정상의 만남을 세 차례, '철천지원쑤'라는 미국의 대통령과 두번이나 만나는 '천지개벽'이 전개되면서 북녘 주민들도 큰 기대감 속에 외부 소식에 목말라 하고 있으며 손전화기는 상당 부분 갈증을 풀어주는 역할을 맡고 있다.

최근 들어 북녘 기자들은 전에 볼 수 없던 취재경쟁을 벌이는 모습을 왕왕 보여 주고 있다. 조선중앙TV는 컴퓨터 그래픽을 활용해 뉴스를 전달하는 등 서방의 TV를 방불케 하는 기법도 적용하고 있다. 이제 북에서 변화는 대세다. 다만 그 빠르기가 어떤 속도로 펼쳐지느냐의 차이일 뿐이다.

15

지하철 신문 보는 시민들

숙소인 해방산 호텔과 이웃한 로동신문은 비중과 역할로 볼 때 단순히 하나의 언론사가 아니다. 역사를 보자면 조선로동당 중앙위원회의 기관지로 1945년 11월 1일 '정로'(正路)라는 이름으로 창간되었고, 1946년 9월 지금 이름으로 제호를 변경했다. 매일 6면이 발행되는데 서방 신문과 달리 광고가 없고 제목 활자도 작아서 기사량은 24개면 정도 분량이 될 듯 싶었다.

평양의 지하철역에서 가판대(엄격히 말하면 신문열람대)에 로동신문과 평양신문이 게시된 걸 보았다. 시민들은 지하철을 승하차하기 전에 가판대에 몰려 열심히 기사를 읽었다. 주민들은 외부소식을 아주 궁금해 하는 것처럼 보였다. 신문엔 최고 지도자 소식과 정부 시책이 주를 이루고 국제, 경제, 문화, 체육 뉴스들이 포함되지만, 사람들의 시선을 끄는 사건사고를 보도하는 사회면도 없고 말랑말랑한 뉴스들도 찾기 힘들다.

지하철 신문보는 시민들

그럼에도 불구하고 주민들이 신문을 열심히 읽는 것은 지난해 4.27 판문점 선언을 깃점으로 1년간 천지개벽과도 같은 일들이 연이어 일어났기 때문이다. 1년여 전만 해도 그들의 '위대한 령도자'가 미제국주의의 수괴 트럼프 대통령과 만나서 악수하고 환담하는 모습을 상상할 수가 있었을까.

2018년 1차정상회담도 1~2면에 총 17장의 회담 사진을 싣는 등 큰 관심을 기울였는데 이듬해 하노이 북미정상회담도 1면에 두 정상이 악수로 첫인사를 나누는 장면부터 원탁 회담을 하는 장면 등 사진 4장이 실렸고 2면에는 김 위원장과 트럼프 대통령의 정원 산책 모습과 확대회담 등 사진 9장이 실렸다. 아무런 합의안이 나오지 않았음에도 이처럼 대대적으로 보도한 것은 인민들의 급증하는 관심을 반영한 것이다.

로동신문은 2015년 이후 타치폰(스마트폰)으로 연결되는 유료서비스망(인트라넷)을 통해 유료 구독을 할 수 있는 것으로 알려졌다. 노동신문 사이트에 가입해 구독 신청하고 구독료는 월정액 통화비용에 합산해 부과하는 식이다.

1980년대엔 최고 3백만부까지 발행되었다고 한다. 90년대 '고난의 행군'을 겪으며 한때 각 기관과 도서관 '보관용'만 찍어 낼 정도로 발행사정이 악화되기도 했지만 최근엔 150만부까지 늘어난 것으로 전해진다. 그러나 스마트폰으로 신문 구독이 가능해진 상황에서 오프라인 신문이 더 늘어날 것 같지는 않다.

지역신문인 평양신문은 1957년 6월 1일 창간되었는데, 일요일을 제외한 일간지로 대형판 4면으로 발행되고 있다.

다른 신문으로 최고인민회의(우리의 국회) 상임위원회 및 내각 기관지인 '민주조선', 김일성사회주의청년동맹(청년동맹) 기관지 '청년전위'가 있고 지방지로는 각 도(직할시) 당위원회와 도(직할시) 인민위원회의 기관지 15개가 있다.

이밖에 '교원신문', '철도신문', '대학신문', '체육신문' 등 우리네의 경제지와 스포츠지 같은 특수지도 있다.

16

명불허전 옥류관 평양랭면

평양에 가면 반드시 한번은 경험해야 하는 먹거리는 단연 평양랭면이다. 소문난 명소인 옥류관의 평양랭면을 첫날 맛볼 수 있었다. 대동강 옥류교 인근에 위치한 옥류관은 생각보다 훨씬 규모가 컸다. 입구마다 입장하려는 사람들로 장사진을 이루고 있었다. 평소에도 평양시민들과 평양으로 수학여행온 학생, 포상휴가를 받은 지방 노동자들이 옥류관에 들러서 식사를 하기 때문에 늘 만원사례를 이루고 있다. 하루 팔리는 냉면이 1만 2천 그릇이 된다고 하니 기네스북에 오를 만하다.

1960년 8월 15일에 해방절(광복절)을 기념하기 위해 준공한 옥류관은 2층의 장방형 한옥 건물로 전통식 합각지붕으로 이뤄져 건물 자체의 예술성도 뛰어났다. 본관과 2개동의 별관으로 되었는데 본관은 1,000석, 별관은 1,200석을 갖추었고 대동강의 아름다운 정경을 감상하며 먹을 수 있는 연회장소와 소규모의 별실들도 있다.

옥류관

보통 피크타임엔 1시간 정도 기다려야 하지만 외국 관광객이나 우리같은 동포 방문객들은 별관에 전용 식사실이 있어서 기다리지 않고 입장할 수 있다. 평양시민들도 의사나 교원같은 인민의 생명이나 교육을 맡는 특수직업인들은 신분증을 보여주면 줄에 구애되지 않고 입장한다고 들었다.

주 메뉴인 평양랭면은 200g과 300g 400g 중 선택할 수 있는데 보통 여성은 200g, 남성은 300g이 적당하다. 남쪽에선 모자라면 '사리 하나 더' 추가하면 되지만 북에선 많이 먹는 사람은 처음부터 400g을 주문하면 되는 것이다.

옥류관 평양랭면

우리 일행은 예외없이 평양랭면을 시켰고, 따뜻한 온반국수를 주문한 김선생은 "선주후면이라고 했습니다. 랭면을 먹을 땐 술부터 한잔 해야 제 맛입니다"라며 반주를 권했다. 전날 밤 평양소주는 맛본 터라 이번엔 대동강 맥주를 하나 시켰다. 메뉴표에 '녹두지짐(빈대떡)'이 있어 주문했는데 남한의 녹두 빈대떡보다는 크기가 작고 아주 매끈한 모양이었다. '게사니 구이'라는 거위고기도 안주로 가세했다.

이번 기회에 평양랭면을 제대로 먹는 법을 배울 수 있었다. 남쪽에선 냉면이 나오면 겨자를 국물에 풀고 식초를 대충 뿌리는데 북에선 식초를 면에 직접 뿌린다. 2018년 가을 평양정상회담 때 수행한 기업인 대표들이 옥류관에서 냉면을 먹을 때마다 식초를 살짝 뿌리는 모습을 봤는데 김선생이 선보인 정통 평양랭면 맛보기는 이렇다.

먼저 젓가락으로 랭면 사리를 건져올려 X자로 사발에 걸쳐 놓는다. 식초를 사리 위에 듬뿍 뿌린다. 그리고 30초 이상 경과 후 겨자를 푼 국물에 사리를 투하, 본격적으로 즐기면 된다. 이렇게 먹으면 식초가 메밀의 면발에 가미된 사리가 옥류관 특유의 육수와 조합을 이루며 최고의 맛을 음미할 수 있다. 후식으로 맛본 옥류관의 아이스크림도 특별했다. 옥류관 아이스크림이 북한 주민들에겐 꽤 유명하다고 하는데 어찌하다 보니 녹두지짐과 평양랭면, 아이스크림까지 '옥류관 랭면 코스'를 섭렵한 셈이다.

17

옥류관 공짜점심 해프닝

이날 점심은 전날 같은 비행기를 타고 온 프랑스 동포 임선생이 마침 합류해 양쪽의 안내와 운전사까지 총 9명이 함께 했다. 술도 한순배 하며 평양랭면을 맛있게 먹고 오후 코스인 모란봉으로 가기 위해 일어났다. 옥류관을 배경으로 기념사진도 찍은 후 차를 타고 3분 거리인 모란봉 주차장에 닿았다.

경사진 산책길을 올라가는 동안 칠성문(북한국보 18호)을 지나고 을밀대(국보 19호), 청류정(국보 20호)이 차례로 이어지는데 모두가 북한국보 1호인 고구려 수도 평양성을 따라가며 만나는 유적들이다.

을밀대에 막 도착했는데 안내 김선생이 어디선가 전화를 받더니 우리에게 와서 "아까 옥류관에서 음식값을 지불하지 않았다고 합니다" 하는 게 아닌가. 우리 일행과 합류했던 프랑스 동포가 먼저 계산하고 나중에 호텔에서 만나 정산하자고 했는데 뭔가 혼선이 생긴 것이다.

옥류관에선 뒤늦게 매출전표를 보고 돈을 안 받은 걸 알게 되었다고 한다. 나중에 임선생 얘기가 계산대에서 지불을 하려 했더니 "청산 (계산)됐습니다"고 해서 우리가 계산한 줄 알았다는 것이다. 서로 상대가 계산한 걸로 생각했고 공교롭게 옥류관도 착오가 있었던 것이다.

누구 실수이든 열 명 가까운 인원이 옥류관에서 잘 먹고 돈도 안내고 나왔다니 이런 낯뜨거운 일이 없었다. 일정 때문에 다시 돌아가기도 힘들어 '내일 가서 지불하겠다'고 했지만 매출 전표를 당일 정산하지 않으면 곤란한 모양이었다. 결국 다른 목적지로 향하던 임선생 측이 차를 돌려 옥류관에 돌아가 계산하는 것으로 정리가 됐다.

"천하의 옥류관에서 식사값 안내고 당당하게 나온 사람들은 우리밖에 없을 겁니다."

내가 이죽대자 일제히 웃음꽃이 피었다.
김선생도 "이거 참, 안내 25년 하면서 이런 경우는 처음 겪습니다" 하고 박장대소했다.

'랭면 대전' 옥류파 vs 청류파

　남쪽에서 누리는 옥류관의 유명세에 대해 떨떠름한 생각을 가질 곳이 하나 있다. 바로 청류관이다. 청류관은 평양시 중구역 동성동에 자리잡은 대형 식당이다. 옥류관은 평양시인민위원회 봉사관리국 산하이고 청류관은 금수산의사당경리부 산하로 운영되고 있다.

　옥류관이 대동강을 끼고 있다면 청류관은 평양 도심을 휘감아 도는 대동강의 지류(支流)인 보통강변에 있다. 옥류관이 옥처럼 흰 빛을 띄고 있듯 청류관도 이름에 걸맞게 푸른 강물처럼 청색을 하고 있다. 조총련 매체에 따르면 옥류관이 "물위에 떠있는 정자"라면, 청류관은 "물위의 맵시있는 유람선"이다. 평양을 대표하는 양대 식당으로 각각의 매력이 있다는 뜻이겠다.

　청류관은 옥류관보다는 다소 규모가 작지만 15인 테이블 등 300명을 수용하는 대형 홀을 비롯, 총 1600여 명이 식사를 할 수 있다. 결혼식과 환갑잔치 칠순잔치 등 대소사를 치를 수 있는 연회장도 있다.

　청류관에선 랭면은 물론, 평양온반, 칠색송어매운탕, 신선로, 불고기, 남새(야채)비빔밥, 쇠고기장국, 녹두지짐, 각종 카레밥 등 서양식 요리도 인기리에 팔고 있다. 물론 주식은 북녘 사람들이 가장 선호하는 랭면이다. 북에선 식음료 경연대회가 많은 편인데 해마다 열리는 음식경연대회에서 옥류관과 청류관은 늘 1위 자리를 놓고 열띤 경쟁을 하고 있다.

옥류관 라이벌 청류관

그런데 랭면만큼은 번번이 옥류관의 승리로 귀결되고 있다. 아무래도 1961년 평양랭면 전문점으로 문을 연 옥류관에 비해 20여년 늦게 1982년 개업한 청류관이 원조의 맛을 넘어서기엔 역부족일 것이다. 그러나 다른 음식들의 경연에서는 청류관이 1위를 차지하는 등 옥류관 이상의 맛도 인정을 받고 있다.

어쨌든 북녘 사람들의 '국민 음식'인 랭면(국수)를 놓고 옥류관과 청류관은 자존심을 건 랭면 대결을 펼친다. 두 식당의 라이벌 의식도 강한만큼 평양 시민들도 '옥류관 파' vs '청류관 파'로 나뉘어진다고 해서 흥미로웠다.

2차 방북에선 당연히 청류관을 찾았다. 안내 리선생과 운전수 선생과 함께 청류관 2층 보통강의 버드나무 풍치가 아름다운 창가에 자리잡았다. 그런데 안내 리선생이 주문을 기다리지 않고 카운터로 가서 뭐라고 얘기를 한다.

알고보니 선불 후 식사를 하는 시스템이었다. 지금까지 다양한 식당들을 다녔지만 선불을 하는 곳은 처음이었는데 이유를 물으니 우리가 들어온 홀은 하나로 길쭉한 형태여서 매출전표 관리가 힘들다는 것이다. 일반 식당처럼 후불제로 하면 그냥 슬그머니 빠져나가도 모를 수 있으니 그럴만도 하겠다는 생각이 들었다. 3차 방북에서 청류관에 갔을 때는 작은 별실에 들어갔는데 이번엔 나오면서 계산을 할 수 있었다.

옥류관 랭면과 청류관 랭면은 어떻게 다를까. 솔직히 랭면 전문가가 아니라 육수의 차이를 구별하기는 힘들었다. 다만 눈에 띄는 한가지가 있었는데 다짐(다진 양념)이 작은 종지에 필수로 나온다는 것이다.

운전수 리선생은 "(양념장도 있고) 난 옥류관보다는 청류관 랭면이 더 좋습니다"라며 청류관파를 자인했다. 여성봉사원이 청류관의 굴깍두기가 또 유명하다고 해서 시켰더니 아닌게 아니라 시원하고 깊이 있는 맛이다.

옥류관에선 후식으로 아이스크림이 유명하다는 사실을 알게 되었는데 청류관에선 굴깍두기가 나름의 명성을 갖고 있으니 라이벌은 라이벌인 셈이다. 물론 굴깍두기도 우리네 식당처럼 공짜가 아니라 주문을 해야 한다.

평양엔 옥류관과 청류관 외에도 외화 결제를 하는 고급 식당들이 많다. 결혼식 등이 많이 열리는 청춘관, 경흥관, 해맞이식당, 해당화관 등 유명 식당들이 15개 정도 있고 대동강구역 문수거리 등 여러 곳에 요즘 유행하는 결혼식 전문식당들, 지방특산물식당이 인기를 끌고 있다는 소식이다. 기회 닿는대로 평양에 갈 때마다 유명 식당들을 순례하고 싶은 생각을 하니 미리 침이 고이는 듯하다.

19

을밀대의 수묵화 퍼포먼스

우리가 을밀대에 올랐을 때 근처에서 한 노인화가가 낡은 캔버스에 그림을 전시하고 앉아 있었다. 을밀대 풍광을 그린 것이었다. 얼마냐고 물어보니 "(관광객들이) 한 스무 달러(20달러) 줍니다"라고 간접화법으로 말한다. 흥정을 할까 싶었지만 목에 카메라 한 대 걸고, 양손에 셀폰 카메라 두대를 쥐고 있는터라 번거롭게 짐을 만들 수가 없었다.

일행중 한사람인 권용섭 화백은 '독도 화가'로 잘 알려진 주인공이다. 권 화백은 세계적인 관광명소에서 즉석 수묵화 퍼포먼스를 해서 주목을 받았는데 길거리에 흰 천을 펼쳐놓고 15분에서 20분 사이에 즉석에서 수묵화를 그려내 사람들의 경탄을 자아내게 한다.

그는 이번 방북기간중 세 차례 수묵화 퍼포먼스를 계획하고 있었다. 우리 국토의 막내둥이인 독도에 대한 애정과 분단된 조국의 평화 통일을 염원하는 그의 작업이 과연 북에서도 성사될지 솔직히 불투명했다.

을밀대 수묵화 퍼포먼스

　방북 직전 그는 서양화가인 부인 여영난 화백과 함께 고향인 부산
에서 오륙도가 내려다보이는 곳에서 평화기원 수묵화 퍼포먼스를 한
차례 열었다. '부산에서 평양까지' 캐치 프레이즈를 내걸고 남북의 화
합과 통일을 기원하는 수묵화 프로젝트를 기획한 터였다.

　을밀대가 바로 첫 번째 퍼포먼스 장소였다. 다행히 북 당국도 그의
비정치적인 예술작업을 흔쾌히 받아들였다. 을밀대 앞에 천을 펼쳐놓
고 작업을 하는 그의 모습은 평양 시민들에게도 확실히 이색적이었을
것이다.
　권화백이 을밀대를 등진 채 가끔 고개를 돌려가며 빠르게 그려 나
갔다. 그렇게 불편한 자세로 그림을 그리는 것은 을밀대와 권화백이
정면에서 보이도록 촬영을 해야 했기 때문이다. 을밀대를 찾은 가족
행락객과 10대 여학생들, 대학생 청년들이 둘러싼 가운데 흥미롭게
지켜봤다. 그림을 팔던 무명의 노인화가도 궁금한 듯 다가와 지켜본다.

을밀대 앞에서 펼쳐진 수묵화 퍼포먼스

불과 15~20분 사이에 을밀대 수묵화가 완성되자 경탄의 소리가 나왔다. 마침 을밀대를 찾은 남자 대학생 10여명에게 함께 사진을 찍자고 청했더니 기꺼이 응해 주었다. 역사적인 평양의 첫 즉석 수묵화를 펼쳐들고 함께 특별한 추억의 사진을 만들 수 있었다.

권화백의 두번째 퍼포먼스는 김일성광장이 맞닿은 대동강변이었다. 주체탑을 배경으로 동평양 시가지를 그렸고 세 번째는 한국의 3대 폭포로 불리는 개성 박연폭포에서 멋진 수묵화를 완성해 성공적인 평화 퍼포먼스를 완결지을 수 있었다.

을밀대 모란봉은 평양 시민들에게 가장 인기있는 휴게공간이다. 휴일이면 수많은 행락객들이 찾아와 여가를 즐긴다. 여기저기서 고기를 굽고 술을 기울이는가 하면 곳곳에서 단체로 춤을 추는 모습도 보인다. 음악이 나오면 모르는 사람들도 자연스럽게 어울린다. 지나간 모진 세월속에서도 북녘 주민들을 포함하여 우리 민족은 역시 흥이 넘치는구나 하는 생각이 들었다.

20

윷놀이에 윷이 없네

이날 을밀대에서 흥미로운 경험을 할 수 있었다. 일행과 함께 내려오는데 공원 안쪽 한켠에서 60~70대로 보이는 여성 6명이 돌 탁자에 둘러앉아 무언가를 하고 있었다. 호기심이 일어 슬그머니 다가갔다. 동심으로 돌아간 듯 와자지껄 떠들며 웃음보를 터뜨리는데 무엇이 저리도 즐거운지 궁금했다. 해외에서 온 동포라고 소개하자 "아... 예~" 하며 너나없이 반가워한다.

북녘의 주민들은 해외동포라고 하면 대부분 환한 표정으로 맞아준다. 손님을 잘 접대하는 것은 우리네 미풍양속이기도 하거니와 피를 나눈 동포, 그것도 멀리 해외에서 온 손님인지라 한결 반가운 마음이 드는 모양이다.

이들이 둘러 앉은 돌탁자 위에는 네모난 종이가 있었고 체스의 피스같은 게 두 개가 놓여 있었다. 얼핏 윷놀이처럼 보였지만 윷가락이 보이지 않았고 돌판 위에서 그걸 던질리도 만무했다.

중년 여성들이 모란봉 공원에서 밤톨만한 플라스틱 윷가락으로 보급된 윷놀이를 하고 있다.

　"아주머니들 지금 뭐 하시는거에요?"고 물었더니 "조선민족의 놀이, 윷놀이를 합니다" 한다. 자세히 살펴보니 나무로 만든 윷가락이 아니라 손가락만한 크기의 플라스틱 윷을 사용하고 있었다. 위는 까맣고 아래는 하얀 윷을 가볍게 던져 정사각형의 말판종이에 길 따라 체스 피스를 움직였다.

　윷가락이 밤톨만한 작은 플라스틱이라 공원 돌탁자에 몰려 앉아 손쉽게 즐길 수 있었다. 호기심이 일어난 김에 "혹시 후툇 도가 있나요?" 물었더니 안쪽에 점 표시가 된 윷을 보여주며 "아, 홋도(후퇴도)가 있다마다, 홋개(두홋도, 후퇴개)도 있수다"고 한 술 더 뜬다.

　북에선 지난 2009년 윷놀이 규칙을 새롭게 손질한 것으로 알려졌다. 후퇴개는 이때 새롭게 생겨난 것이다. 흥미로운 것은 '도' 자리나 '개' 자리에 말이 놓였을 때 '홋도'나 '홋개'가 나오면 말이 거꾸로 빠져나간 것으로 치는 행운을 누렸지만 새 규칙에 따르면 말이 판에서 후

퇴한 것이기 때문에 다시 시작해야 한다.

  또 한가지 우리와 다른 것은 상대방의 말을 잡아 윷을 다시 던져서 '모'나 '윷'이 나오면 또한번 던지는 기회가 주어졌지만 북에선 더 이상 던질 수 없게끔 만들었다.

  그런데 가만 지켜보니 처음 듣는 단어가 나온다.
  "슝이다 슝" "야야 개로 나가고 슝으로 달라."

  못참고 끼어들었다.
  "아주머니, 지금 슝이라고 하셨나요? 슝이 뭡니까?"
  "네 개가 다 뒤집히면 슝입니다."

  도개걸윷모가 아니라 도개걸'슝'모라는 것이다. 알고보니 북녘 주민들은 윷을 '슝'이라고 부른다. 도개걸윷모는 돼지, 개, 양, 소, 말을 뜻하는데 북에선 소의 옛 말이 슝이다. 그게 윷놀이 용어로 정착된 것이다. 흥미롭게도 놀이의 제목은 '윷놀이'지만 정작 윷은 없는 셈이다.

21

왜 성을 문법으로 강제하나

처음 북녘을 방문하고 돌아왔을 때 연세 지긋하신 분이 묻는다.

"이보오 노기자, 당신 평양 갔다오더니 로기자가 된거야?"

공식 석상에서 이름을 노창현 아닌 로창현으로 고집하는 것을 꼬집은 셈이다. 근데 이 분이 모르는 게 한가지 있었다. '노창현'에서 '로창현'이 된지는 벌써 16년이 지났다는 사실이다. 내가 미국에 온 것은 2003년 가을이다. 아이로니컬하게도 미국에 오면서 나의 진짜 성(姓)을 찾게 되었다. 미국인들은 모두 나를 로창현이라고 하지 노창현이라 하지 않는다. 영문 이름이 Roh Chang Hyun이니 말이다.

사실 미국 온 이후 한글이름을 로창현으로 고치고 싶었지만 호적의 성을 바꾸는건 불가능한데다 "이북 따라가냐?"며 '종북타령'을 해댈 사람들의 편견도 마뜩찮았다. 그러나 내 성이 일제에 의해 '로' 대신 '노'가 되버린 배경을 알고나니 견딜 수가 없었다. 북에서 쓰든 말든 내가 내 성을 찾겠다는데 누구 눈치를 본단 말인가.

노는 한자어로 '성(姓) 盧(로)'다. 당연히 노가 아닌 로가 맞다. 마찬가지로 이씨의 한자어는 오얏 '李(리)'다. '로'가 '노로', '리'가 '이'로 바뀌게 된 것은 소위 '두음법칙(頭音法則)'을 적용했기 때문이다. 두음법칙은 1933년 한글안 맞춤법 통일안을 계기로 만들어졌는데 'ㄹ'과 'ㄴ'이 초성과 이중모음 앞에 나올 때 'ㄴ'과 'ㅇ'으로 고쳐 쓰는 법칙이다.

ㄹ과 ㄴ이 초성일 때 발음이 쉽지 않아 그랬다는데 솔직히 이해가 가지 않는다. 두음법칙의 예외인 외래어의 경우, 발음이 전혀 어렵지 않으니 말이다. '라디오, 러시아, 레알 마드리드, 로망, 르네상스'를 발음해 보라. 뭐가 어려운가? 되레 두음법칙을 적용하면 혀짧은 소리가 되어 더 어렵다. '나디오, 너시아, 네알 마드리드, 노망(?), 느네상스.'

백보 양보하여 발음이 조금 어렵다한들 어느날 갑자기 문법(?)을 만들어 일상의 수많은 단어들을 변형시킬 필요가 있을까. 하물며 왜 남의 소중한 성씨까지 두음법칙을 적용하다니 무슨 발칙한 짓인가. 아무리 문법이 중요해도 성만큼은 예외로 두어야 할 판에 오랜 세월 불러온 성을 강제로 바꾸는건 언어도단이다.

한글안 맞춤법이 일제 강점기에 통과됐다는 점에서 그 배경에 우리의 언어표기를 흔들어 민족혼을 훼손하려는 일제의 술책이 작용했을 것이라는 의심이 든다. 리씨는 한국에서 김씨(약 1천만명) 다음으로 가장 많은 약 700만명이다. 열 번째로 많은 림(林)씨를 비롯해 류(柳)씨, 로(盧 魯 路)씨. 라(羅)씨 등 두음법칙이 적용되는 성씨들을 합치면 우리 인구의 약 40%가 해당된다. 결국 성씨를 두음법칙으로 강제함에 따라 많은 성씨들이 전혀 다른 성으로 둔갑했고 정체성의 대혼란을 가져온 것이다.

게다가 두음법칙은 애초에 달랐던 성씨들이 한글표기에서 똑같아

평양교원대학에서 어린이 교육 시연장면

지는 문제점을 초래한다. 류(柳)씨와 류(劉)씨가 본래부터 '유'인 '兪
(유)'씨와 한글로 같은 성이 되어버린 거다. 그러니 일제의 또다른 창씨
개명(創氏改名)이 아니고 뭐겠는가.

두음법칙은 해방 후 남북이 갈라지면서 남한은 따르고 북한은 폐지
하면서 오늘날 남북간 언어 이질화의 가장 큰 원인이 되었다. 물론 남
북간 오랜 단절로 서로 다른 낱말도 생겼지만 남북이 같이 사용하는
수많은 단어들이 두음법칙으로 가장 많이 달라져 버린 것이다.

법원은 2006년 6월 '버들 류(柳)'를 쓰는 류씨 가문이 제기한 소송
에서 성씨에 두음법칙을 적용해 무조건 '유' 씨로 쓰도록 한 것은 개인
의 기본권을 침해한 것이라고 판결했다. 이듬해 대법원은 성씨에 두음
법칙을 적용하지 않아도 된다고 예규를 개정해 리씨, 라씨 성을 가진
이들도 진짜 성씨를 되찾을 수 있도록 했으나 '호적상 이름을 한글로
기재하기 이전부터 주민등록등·초본이나 학적부, 졸업증명서 등 일상
생활에서 소리나는 대로 발음하고 표기해온 이들만 적용한다'는 조건

청춘거리에 있는 농구장과 배구장

을 달아 대부분에겐 자신의 진짜 성을 찾으려 해도 여전히 장벽이 가로놓여 있다.

70~80년대 대학가 의식화교육의 필수교재로 통한 '전환시대의 논리' 저자 故 리영희(李泳禧) 교수는 80년대 초만 해도 '이영희 교수'였다. 그러나 80년대 어느날 '이영희가 아닌 리영희로 불러줄 것'을 요청하며 '리영희 교수'가 되었다. 뒤늦게 '리'라는 성을 찾은 이유는 1929년 평안북도 운산에서 태어난 실향민으로서 원래 리씨이기도 했고 성을 두음법칙에 적용하는게 사리에 맞지 않다고 판단한 것이었으리라. 그가 이영희 교수에서 리영희 교수가 되자 일부에선 요즘말로 '종북'이라도 된 양 비웃기도 했다.

그런 논리하면 '건국대통령' 리승만은 뭐가 되는가. 1955년 발행된 '리승만대통령각하 제80회 탄신 기념우표'도 있다시피 많은 사람들이 잘못된 성을 계속 쓰는데 리승만만큼은 두음법칙이 무시됐다. 그래서 나도 이름만큼은 리승만을 지지한다.

22

낙지와 오징어

남과 북의 어휘 차이는 서로가 오랜 세월 단절이 되면서 더욱 심화되었다. 큰 땅덩어리의 미국이 아주 작은 영국보다 지방간 사투리가 없는 것은 역사가 짧기도 하거니와 교통과 미디어의 발달로 언어가 분리되는 환경이 원천적으로 배제됐기 때문이다.

2020년 벽두 남녀북남(男女北南) 로맨스로 큰 히트를 기록한 드라마 '사랑의 불시착'은 북녘 말씨가 남쪽에서도 익숙해지는 계기가 되었다. 사람들이 가장 귀에 익은 말은 아마도 '일없습네다(괜찮습니다)'일 것이다. 그밖에 '인차(곧, 이제)' '날래(빨리)' '피타다(피가 끓다)' '몸까기(다이어트)'도 사람들의 입에 오르내렸다.

일상생활에서 쓰는 말중에 은근히 다른 것도 많다. 가위주먹(가위바위보), 동가슴(앙가슴), 락자없다(영락없다), 망돌(맷돌), 발편잠(마음놓고 편안히 쉬는 잠), 방치돌(다듬잇돌), 손오가리(목소리가 멀리

소학교(초등학교) 학생 교재들

들리도록 손을 오그려 입에 대는 것), 허분하다(느슨하다) 등등.

　단어 의미가 남과 북에서 반대로 쓰이거나 엉뚱한 착각을 일으키기도 한다. 남한의 오징어는 북한에서 낙지로 불리고, 북한의 오징어가 남한에서는 '낙지'다. '미제'라는 단어도 북한에서는 '미 제국주의자들'을 지칭하는 말이지만 남한에서 미제하면 '미국산'을 의미한다.

　친구를 뜻하는 '동무'와 부모를 의미하는 '아바이' 역시 북에서 많이 쓰인다는 이유로 점점 기피 단어가 되어 남한에서는 거의 쓰이지 않고 있다. 80년대 리영희 교수는 이것을 두고 남쪽 사람들이 "언어에서 '사상의 조건반사적 토끼'가 되었다"고 한탄했다. 내가 어렸을 때만 해도 "동무들아 오너라~" 동요도 부르고 '어깨동무'라는 어린이 월간 잡지도 있었지만 지금 젊은 세대들은 거의 쓰지 않는다.

이처럼 남북의 언어가 문법적인 이유와 단절로 이질화된 것은 우리가 한민족의 정체성 확보를 위해서라도 극복해야 하는 문제이다. 학계에서는 2000년대 들어 남북한 언어를 하나로 묶는 공통사전 만들기 작업을 진행하기도 했으나 '이명박근혜' 시대 이후 남북관계가 퇴행하면서 진척을 보지 못했다. 그러나 이보다 중요한 것은 남북의 소통과 교류일 것이다. '사랑의 불시착'이 가능성을 말해 주고 있다.

솔직히 나는 북에서 북녘 주민들과의 대화를 즐겼다. 말이 통하면서도 우리 말씨와 다른 특유의 북쪽 억양이 신선하게 느껴졌기 때문이다. 또 쓰는 단어들이 전혀 다르거나 미묘한 차이가 있을 때 중간중간 그게 무슨 뜻이냐고 확인하는 재미도 쏠쏠했다.

23

'최고존엄' 자리에 앉으라구요?

평양에도 캐리비언 베이가 있다. 바로 문수물놀이장이다. 대동강구역의 워터파크인 문수물놀이장은 2013년 10월 완공된 이래 지난해까지 300만명 이상 다녀갔다.

야외 물놀이장은 급강하 슬라이드를 비롯한 다양한 물미끄럼틀과 파도풀 등 10여 개의 크고 작은 풀들이 있고 배구장, 인공폭포, 묘향산과 금강산의 기암절벽을 본뜬 인공 바위산이 있는데 동절기여서 실내 물놀이장만 둘러볼 수 있었다.

실내 물놀이장 역시 수영, 파도, 초음파 등의 10여개 풀들이 있는데 수천명이 즐기고 있었다. 이밖에 참숯, 소금, 황토 한증방도 있고 빵집과 커피숍, 패스트푸드 식당, 포켓볼 당구장, 이발소, 미장원 등의 편의시설도 갖추고 있다.

2층 커피숍은 통유리로 실내 물놀이장 전경이 훤히 보였다. 커피는

문수물놀이장에서 김정은위원장이 현장지도한 자리에 앉았다.

물론, 맥주와 스낵을 즐길 수 있는데 우리가 방문한 시간에도 남성 손님들이 수영복 차림으로 앉아 음료를 마시고 있었다.

그런데 창 가까운쪽에 소파와 테이블이 있었다. 이곳 해설강사가 "바로 이 왼편 의자가 경애하는 (김정은) 국무위원장님이 얼마전 앉으신 자리입니다"라고 소개한다. 북의 최고 지도자가 앉았던 자리라고 하니 기념사진을 찍어둬야겠다고 카메라를 드는데 안내 김선생이 깜짝 놀랄 말을 한다.

"로선생, 그 자리에 앉아 보시라요."
"예? 앉아요? 아니... 앉아도 되는겁니까?"
"아, 의자가 앉으라고 있는 건데 허허... 앉아도 됩니다."

긴가민가 눈치를 보다가 슬그머니 앉았다. 푹신한 소파에 앉아 양옆의 팔걸이를 어색하게 어루만졌다. 일행이 나를 둘러싼 가운데 김선생이 직접 사진을 찍어 준다. 방북 최고의 기념사진이 만들어진 셈이다. 앉은 채로 "이거 나중에 혼나는 거 아니죠?"라고 했더니 주변 사람들까지 왁자하니 웃음꽃이 핀다.

신선한 충격이었다. 정말 몰랐다. 북의 최고 지도자가 앉았던 자리이니 마땅히 흰 천으로 감싸서 잘 보호하고, 아무나 앉아선 안 되는 걸로 생각했기 때문이다. 북에서 최고 지도자는 분명 인민들에게 존경과 숭모의 대상이지만 그렇다고 신과 같은 존재는 아닌 것이다.

북녘도 똑같이 사람 사는 곳이다. 우리가 대통령이나 유명 정치인, 연예스포츠 스타들의 흔적이 있는 곳에서 기념사진을 찍는 것처럼 그들도 똑같은 마음인 것이다.

며칠 뒤 방문한 평양의 신흥명소 대동강수산물식당에서도 문재인 대통령과 김정은 위원장이 앉았던 테이블 좌석이 평양 시민들에게 가장 인기있는 자리라는 얘기를 들었다.

방북강연회를 하면서 문수물놀이장에서 경험한 이야기를 들려줄 때마다 모두가 놀라워했다. 그만큼 우리는 북을 오해하고 편견을 갖고 있는 것이다. 정말이지 '북맹타파'다.

쑥섬에 피어난 과학기술전당

쑥섬은 대동강에 있는 작은 섬이다. 서울 한강의 뚝섬과 이름도 모양도 비슷하다. 당초 쑥섬의 과학기술전당은 일정에 없었다. 2년 전 이곳을 다녀온 미국의 지인이 북에 가면 꼭 가보라고 추천을 했는데 미리 신청을 하지 못했다. 도착 후에 일정에 없길래 이곳에 갈 수 있냐고 부탁했는데 다행히 성사된 것이다.

이곳을 방문하면서 대체 왜 북 당국이 방문을 추천하지 않았는지 의아했다. 한마디로 오늘날 북의 과학기술의 정수를 유감없이 과시할 만한 곳이었다. 기자인 나를 통해 자연스럽게 북의 우수한 과학기술을 선전할 수 있었을 텐데 왜 그런 홍보효과(?)를 굳이 마다 했을까.

앞서 얘기했지만 북에선 기자들, 특히 남녘 기자들을 경원시한다. 그것 때문에 나도 방북신청을 할 때 과연 비자를 받을 수 있을까 걱정했다. 다행히 비자는 나왔지만 취재는 그닥 달가워하지 않는 기색이었다.

평양의 과학기술전당

게다가 북의 과학기술은 이미 인공위성과 로켓 엔진 시험으로 충분히 입증이 되었는데 홍보에 몸달아 할 일도 아니었다.

과학기술전당은 유치원·소학교부터 중·고·대학까지 수많은 학생들의 단체 관람이 이어지고 있었다. 평양은 물론, 전국에서 수많은 학생들이 견학을 오고 현장학습도 하고 있었다.

본관은 원자핵 모양의 거대한 빌딩이었고 주변에도 여러 동의 대형 건물이 있었는데 이걸 제대로 보려면 하루엔 불가능할 만큼 방대하다. 1층 홀을 통과하면 둥근 원형크리스탈이 돌면서 과학기술을 소개하는 동영상이 보여진다. 안쪽으로 들어가면 북이 자랑하는 은하3호 로켓이 실물크기 모형으로 우뚝 서 있다. 수십미터의 로켓은 지하부터 지상 10층 규모 높이로 솟아 있고 원형의 각 층마다 다양한 시설물과 전시관이 있었다.

이곳에서만 목격한 데스크탑 컴퓨터가 수천대에 이르렀다. 모니터와 마우스, 패드 등에 '아리랑'이라는 이름이 붙어 있었다. 3층에선 아이들이 헤드셋을 끼고 컴퓨터 화면을 들여다 보고 있었다. 뭘보나 들여다 봤더니 아니나 다를까, 만화영화를 감상하고 있다.

과학기술전당엔 아시아 최초로 화학섬유를 발명한 '비날론의 아버지' 리승기 박사의 코너도 있었다. 리승기 박사는 1967년 영변원자력 연구소의 초대소장으로 북핵의 기초를 일군 주인공이기도 하다. 이밖에 공룡 모형과 수학과 과학의 원리를 실험하는 학습장, 위성통신 체험실, 거북선과 화차 모형 등 우리 민족의 과학기술 사례들, 문화유산 코너 등 다양한 전시관들이 눈에 띄었다.

작은 영화관들도 있었는데 률동영화관은 3D 입체영화관으로 의자까지 흔들리며 스릴 넘치는 영상을 체험할 수 있는 곳이다. 또 한가지 인상적인 곳은 장애인들을 위한 시설이었는데 컴퓨터를 켜면 농아들을 위한 수화 영상이 나오고 맹인들을 위한 점자 키보드와 점자로 출력되는 프린터도 있었다. 북에선 장애인들을 볼 수 없고 그들을 위한 편의시설도 없다는 잘못된 편견을 깨뜨리는 순간이었다.

관람을 마치고 나오는데 귀여운 아이들과 마주쳤다. 원산소학교에서 현장학습 온 1학년 어린이들이다. 우리를 보고 천진난만한 표정을 지으며 손을 흔들어 주길래 함께 사진도 찍었다. 어딜 가나 아이들은 귀엽고 예쁘다. 하물며 우리의 북녘 형제들 아이임에랴.

쑥섬은 본래 쑥이 많아서 붙은 이름이다. 이곳은 역사의 현장이기도 하다. 1948년 우리 민족의 분단을 막기 위해 백범 김구, 김규식, 조소앙 선생 등 남측 대표단이 평양을 방문했을 때 이곳에서 남북지도 자연석회의를 했다. 쑥섬 한컨엔 그 역사의 현장이 보존되고 있다.

쑥섬이 이젠 북이 자랑하는 과학기술의 상징이 되었다. 앞으로 또 많은 세월이 흐르면 역사는 이곳을 어떻게 기록하게 될까.

쑥섬에서 차가 오길 기다리는데 강변에서 낚시를 즐기는 60대 남성들이 보인다. 가까이 다가갔다. 중년의 남성이 먼저 말을 건다. 해외 동포라고 소개하니까 자신들은 낚시회(동호회) 멤버라고 한다. "평일인데 낚시를 할 시간이 있냐"고 물었더니 "우리는 나라에 공로 세우고 은퇴해서 시간이 많다"며 웃는다. 고기가 잘 잡히냐고 했더니 "지금은 고기가 잘 잡히는 철은 아니고 봄이 되면 많이 물 것"이라고 말한다.

제 **2** 부

휘발유 조개구이의 추억

25

평양의 교통체증

월요일 아침 길을 나서는데 뜻밖의 장면을 보게 되었다. 시내로 들어오는 방향으로 차들이 밀려 있는 것이다. 평양에서 교통체증이 벌어지고 있었다. 최근 수년간 차량이 급격하게 늘어 출퇴근 시간 일부 구간에선 이처럼 교통체증이 벌어지고 있는 것이다.

더욱 놀라운 것은 평양에선 이미 짝홀수 운행을 시행하고 있다는 사실이다. 원활한 교통 흐름을 위해 짝홀수제를 시행하고 있다는 게 뜻밖이었다. 그럼에도 일부 구간에선 차들이 밀린다는 게 신기했다.

안내 김선생은 한술 더 뜬다.

"자가용은 일요일엔 못 나오게 돼 있습니다. 물론 병원에 가거나 특별한 사정이 있으면 나올 수 있지만 일요일은 쉬는 날인데 뭣하러 차 몰고 나오냐 이겁니다."

아침에 펼쳐지는 평양의 진풍경중엔 '엄마 부대'들이 있다. 사람들과 차량이 많은 사거리에서 수십명의 여성들이 모여 붉은 기를 펄럭이

평양의 교통체증

고 북을 두드리는 장면이다.

"저분들이 뭐하는 건가요?"

"경제선동입니다. 녀성들이 일나가는 사람들 열심히 잘 하고 돌아오라고 격려하는 겁니다."

북녘의 엄마 치어리더들인 셈이다. 일행중 한 사람이 품평을 한다.

"엄마들의 이런 선동은 괜찮네요."

평양은 깨끗한 도시다. 비단 평양이 아니더라도 시외곽이나 작은 마을 주변을 갈 때 살펴보면 다른 나라 도시에 비하면 상당히 깨끗하다는 것을 느끼게 된다. 아침이든 오후든 길에서 빗자루질을 하는 주민들도 자주 보였다.

북에선 모든 도로에 마을 단위로 책임 구역이 있어서 주민들이 돌아가며 청소를 하고, 자잘하게 보수할 일이 있으면 자체적으로 한다. 학교에서 자기 학급의 미화를 학생들이 책임지는 것과 같았다. 아닌게 아니라 모든 도로를 마을별 담당제로 관리하면 쓰레기를 함부로 버리는 일이 없을 것이다. 내 집 마당을 내가 치우는데 누가 지저분하게 하겠는가.

26

"대체 빨갱이가 뭡네까?"

김선생이 뜬금없이 묻는다.

"로선생, 남쪽에서 빨갱이, 빨갱이 하는데 그게 대체 무슨 말이요?"

진짜 모를까 싶어 가만히 있었더니 대답을 채근하는 표정이다.

"제가 알기로는 빨치산을 뜻하는 '파르티잔(partisan)'에서 유래된 말인데요. 항일투쟁 시기에 공산당 유격대원을 빨치산이라고 했는데 거기서 빨갱이라는 단어가 생겨났다고 합니다."

연전에 삼일절 기념사에서 문재인 대통령이 '빨갱이' 프레임을 정면으로 지적해 눈길을 끌었다. "빨갱이'는 일제가 모든 독립운동가를 낙인찍는 말이었고 지금도 정치적 경쟁 세력을 비방하고 공격하는 도구로 사용되고 있다"는 비판이다.

빨갱이의 어원이 일제 강점기 빨치산에서 유래했으니 꼭 틀린 말은 아니다. 빨갱이를 대중화 한 장본인은 보수에게 '건국 대통령'으로 추앙받는 이승만이다. 빨갱이는 일제에 부역한 친일파가 저들의 죄과를

평양 시민들

덮고 역공을 취하는 방편이기도 했다. '빨갱이' 프레임만 씌우면 모든 합리적 판단과 정당한 의문제기는 사라지고 처단의 대상이 되어 버린다. 그 빨갱이가 오늘날은 '종북'으로 대체되었다. 평양에 사는 원조 빨갱이(?)가 나보고 '대체 빨갱이가 뭐냐?'고 물은 셈이니 웃어야 하나, 울어야 하나.

　김선생이 슬그머니 한마디 거든다.
　"빨갱이, 빨갱이 하는데 리해가 안 갑니다. 그럼 파랭이도 있습니까?"

27

평양지하철의 특별석

평양의 지하철은 우리보다 1년 빠른 1973년 개통됐지만 노선은 두 개로 단촐하다. 부흥역에서 다음 역인 영광역까지 가는 지하철을 타기로 했다. 에스컬레이터를 타고 200m 이상 내려가야 해서 끝이 보이지 않을 정도였다.

자못 웅장한 분위기의 역 내부는 화려한 샹델리에가 걸려 있고 벽화도 그려졌다. 수년전 러시아를 방문했을 때 봤던 모스크바의 고풍스런 분위기와 비슷했다.

역사 가운데엔 신문이 게시된 열람대가 있었다. 로동신문과 평양신문 두 개가 게시됐는데 시민들이 서너명씩 모여 관심있게 읽고 있었다. 처음엔 신문도 면수가 많지 않은데 뭘 저렇게 열심히 볼까 하는 의문이 들었다.

하지만 곰곰 생각해보니 2018년 4월 27일 역사적인 판문점 선언 이래로 엄청난 사건들이 얼마나 많이 터졌는가. 특히 북의 주민들에겐

6월 싱가포르에서 김정은 국무위원장이 미국 트럼프 대통령과 정상회담을 갖는 것은 그야말로 경천동지할 일이었을 것이다.

그들의 지도자가 그렇게 먼 나라로 비행기를 타고 날아간 예도 없었지만 '철천지원쑤'로만 여겨졌던 미국의 대통령과 만나 악수하고 환담을 나누는 모습은 그야말로 꿈에서나 봄직한 장면이었을 것이다.

불과 1년 조금 더 되는 동안 남북정상이 세차례 만나고 북미정상은 두차례 만났으며 지난해 6월엔 남북미 정상이 판문점에서 회동하는 금세기 초유의 드라마틱한 장면까지 이어졌다. 이처럼 큰 뉴스들이 연이어 터지다보니 북의 주민들도 뉴스에 목말라 할 법하다는 생각이 들었다.

그런데 지하철 전동차를 타면 양 끝에 특별한 자리들을 볼 수 있다. 우리네 지하철의 노약자석과 임산부 보호석처럼 특별석이 있는 것이다. '전쟁로병' 자리와 '영웅영예군인' 자리다. 사람들이 많지 않아서 일행중 여영난 화백이 '영웅영예군인'자리에 앉았다.

평양지하철의 특별석

그런데 맞은편을 보니 '전쟁로병' 자리에 젊은 여성이 앉아 있는 게 아닌가. 평양시민들도 역시 빈 자리가 있으면 대충 앉는구나 하는 생각에 슬그머니 웃음이 나왔다. 역시 사람 사는 곳은 어딜 가나 비슷한 법이다.

28

만수대창작사 예술가들

천리마동상과 주체사상탑, 개선문 등 평양에 있는 대표적인 조각품과 벽화, 기념물은 중구역에 위치한 만수대창작사 예술가들의 집단 작품이다. 1959년에 설립된 만수대창작사는 조선화, 유화, 조각, 공예, 수예 등 13개의 창작단에 인민예술가와 공훈예술가들을 망라한 1,000명의 예술가가 있고 3,000명의 종사원들이 있다. 예술가들의 대부분은 평양 미술대학의 졸업생들이다.

인민예술가와 공훈예술가들을 위한 개별 창작실과 10~20명 단위로 집체작업을 하는 창작실 등 60여개의 창작실이 있다. 북한 특유의 사회주의 문화예술을 한눈에 볼 수 있는 전시 판매관도 있다. 1층은 사진촬영이 허용됐지만 2층은 공훈예술가와 인민예술가의 작품들만 전시

만수대창작사 전시관

하고 촬영 또한 금지하고 있다.

가격은 예술가의 명성에 따라 다르지만 평균적으로 서방 미술작품보다는 훨씬 낮았다. 지난해 9월 문재인 대통령이 이곳을 방문했는데 극우진영에서 유엔 안보리 제재를 위반한 게 아니냐고 시비를 걸어 실소를 자아낸 적이 있다. 말인즉 안보리가 만수대 창작사의 해외 동상이나 조형물 수출이 북한의 핵개발 자금으로 쓰일 수 있다며 금지했는데 문 대통령이 만수대창작사에 간 것을 홍보에 이용할 수 있지 않느냐는 것이다.

남북이 평화하겠다고 두 정상이 역사적 만남을 가졌는데 예술기관 방문을 안보리 결의 위반이 아니냐는 상상력은 대체 어떻게 나올 수 있는지... 북에선 만수대창작사를 최고 예술가들이 모였다는 자부심과 사회주의 예술의 '롤모델'로 자부하고 있다. 이를 '외화벌이 수단'으로만 폄하하는 극우적 시각이 안타까울 따름이다.

이번 방문길에 김철, 김홍광 공훈예술가와 문정웅 인민예술가의 창작실을 들러 대화하는 기회가 주어졌다. 본래 사진 촬영이 안 되는데 이들 예술가들의 호의로 미완성 작품을 배경으로 기념사진까지 찍을 수 있었다.

넓직한 화실을 홀로 쓰는 김홍광 미술가는 해금강을 작업하고 있었다. 다소 서구적 분위기의 유화가 인상적이다. 김철 예술가는 백두산 호랑이 그림으로 잘 알려진 주인공이다. 당장이라도 벽에서 튀어나올 것 같은 생생한 호랑이 그림이 일행을 압도했다.

북에서 아주 높은 명성을 자랑하는 문정웅 인민예술가는 예술학 박사 타이틀을 갖고 있다. 거장 답게 벽 한면 전체를 차지하는 초대형 금강산 산수화를 그리고 있다. 완성후 모습이 기다려진다.

29

주체탑에서 공짜로 마신 구렁이술

수년전부터 평양 려명거리에 최고 73층 아파트(살림집) 등 초고층 건물들이 들어서고 105층 류경호텔도 오랜 침묵을 깨고 완공을 눈앞에 두고 있다. 평양의 랜드마크는 뭐니뭐니해도 주체사상탑을 들 수 있다.

북의 건국이념이자 정체성인 주체사상을 상징하는 주체탑은 돌을 쌓은 석탑(石塔)으로는 세계에서 가장 높은 70m에 달한다. 김일성주석탄생 70돌을 기념하여 1982년 4월 15일에 제막되었다. 꼭대기에 20m 높이의 횃불모양의 붉은색 봉화탑은 특수조명장치를 갖추어 밤에도 타오르는 불길 형상을 하고 있다.

고속 엘리베이터를 타고 전망대에 올라가면 평양시 전경을 360도 파노라마 뷰로 감상할 수 있다. 대동강을 경계로 평양타워와 류경호텔, 화려한 려명거리 등이 한눈에 보이는 서평양과 구시가지인 동평양이 나눠진다.

동평양의 건물 대부분은 화려한 연분홍과 남색 페인트로 외벽이 칠해져 아주 밝고 산뜻한 모습이다. 3~4년 전만 해도 평양의 건물 외관이 칙칙한 회색이었는데 분위기가 완전히 달라진 것이다.

　주체탑 1층엔 기념품 판매대와 커피 등 음료와 술, 담배 등을 파는 곳이 있었다. 20년 된 구렁이술도 팔았는데 소주잔 하나에 5유로(6달러)라고 했다. 술은 구경만 하고 일행과 함께 커피(아메리카노)를 주문했다. 솔직히 커피맛이 괜찮았다.

　미국에서 온 동포가 아메리카노 맛이 미국보다 낮다고 립서비스를 했더니 여성 봉사원의 기분이 너무 좋았던 모양이다.

　"선생님 구렁이술 한잔 드십시오.
　오늘 내가 그냥 한잔 드리겠습니다." 하는 게 아닌가.

　말로 천냥 빚을 갚는다더니 주체탑의 구렁이술을 공짜로 먹게 된 것이다. 이 날 구렁이술로 발동이 걸려 술을 5차까지 거나하게 하고 말았다.

30

개성 가는 고속도로

방북후 첫 장거리 여행은 판문점과 개성이었다. 북엔 고속도로가 6개가 있다. 평양-개성 171km, 평양-남포 97km, 평양-원산 209km, 원산-금강산 106km, 평양-향산 146km 등 총 729km다.

지난해 판문점회담에서 김정은위원장이 북한의 열악한 도로사정을 토로해 화제가 되었다. 고속도로를 달려보니 과연 그랬다. 최고속도는 110km까지 허용되지만 곳곳에 패인 도로나 노면이 거칠어 90km 이상 달리기가 쉽지 않았다. 차를 다고 달리는 동안 덜컹대며 몸이 춤을 추기도 한다. 운전사 홍선생의 실력이 좋고 도로 사정을 훤히 꿰뚫고 있어 별 불편은 없었다.

무엇보다 고속도로엔 차량이 거의 없어서 한편으로 도로가 안 좋은게 다행이라는 생각도 들었다. 도로가 좋았다면 무한질주의 충동을 느끼지 않겠는가. 하지만 주의할 것은 움푹 패인 도로만이 아니다. 차

평양에서 판문점으로 가는 고속도로 이정표에 서울이 눈에 띈다.

들이 없다 보니 도로를 걷거나 자전거를 한가롭게 타고 가는 주민들도
보이고, 청소원들이 갓길에서 청소를 하기도 했다.

　놀랍게도 중간중간 도로변에서 '히치하이킹'을 하는 모습도 보였다.
오직 북녘의 고속도로에서만 볼 수 있는 정겨운(?) 풍경이리라. 북한의
고속도로가 이렇게 사정이 안 좋게 된 것은 재정문제와 자재, 설비 부
족으로 꾸준한 관리가 어려웠던 게 첫 번째 이유겠지만 수요와 공급
의 원칙에서 본다면 교통량도 적은데 많은 돈을 들여 도로정비를 할
필요는 없겠다 싶었다. 즉 우선순위에서 밀리는 것이다.

　아다시피 북에선 다른 도시나, 행정구역이 다른 곳에 갈때는 여행허
가를 받아야 한다. 자가용 타고 멀리 가는 이들도 없고 중장거리 버스
들도 없으니 고속도로가 한가할 수밖에 없다. 향후에 차량이 늘어나고
고속버스와 같은 중장거리 대중교통이 늘어난다면 북당국도 당연히

고속도로를 정비하고 신설도로를 확충하는데 신경 쓸 것이다. 북한의 고속도로는 2017년까지 무료였지만 이듬해부터 평양-원산간 고속도로는 승용차기준 8유로(10달러)의 통행료를 받고 있다.

사리원을 지날 즈음 고속도로에서 '개성'과 함께 '서울' 이정표가 보인다. 순간 가슴이 고동친다. 서울이 코 앞이구나. 언젠가는 북의 고속도로를 타고 서울도 가고 대전도 광주도 부산도 가는 날이 오겠지.

·

北 판문각에서 본 南 자유의 집

　판문점에선 긴장감 서린 분위기를 예상했는데 '판문관'이라는 상점부터 반기는 게 관광지에 온 느낌이다. 미국과 캐나다간 국경 사이에 있는 면세점을 만난 듯했다. 고운 조선옷을 입은 여성들이 개성의 고려인삼을 재료로 한 다양한 상품들과 기념품을 판매하고 있었다. 10여 분 둘러본 후 유럽에서 다른 관광객들과 함께 인민군 병사의 안내로 판문점 투어에 들어갔다.

　이곳에서 방문객들은 사진촬영 등 일체의 통제가 없이 자유롭게 활보할 수 있었다. 남북 대치현장이라는 긴장감이 전혀 느껴지지 않았다. 판문점에선 북측 지역엔 두 개의 특별한 역사 전시장이 있다. '정전담판 회의장(1951~1953)'과 '정전협정 조인장'이다.

　정전담판 회의장은 유엔군과 미군, 북한과 중국의 대표가 협상을 하던 장소로 당시 테이블과 10개의 의자, 보조 테이블 두 개와 의자들이 그대로 보존되고 있다. 정전협정 조인장은 수백평 크기의 넓은 공

북측 지역에서 자유의 집을 배경으로 포즈를 취했다

간에 인민군 대표와 유엔군 대표가 서명한 탁자와 깃발, 서명집 등이 유리함에 전시되고 있다.

그런데 왜 두 시설물 모두 북측 지역에 있을까. 그것은 정전협상이 유엔군의 제안으로 시작되었기 때문이다. 유엔군이 먼저 요청했으니 자연스럽게 북측 지역에 들어와 협상을 진행하게 된 것이다. 당시 유엔군 사령관이 북측에 휴전협상을 처음 제안한 텔렉스(전보) 등 자료와 사진들이 현장에 전시되고 있었다.

판문점을 방문한 동안 뭐라 말할 수 없는 아픔이 폐부 깊숙한 곳에서 밀려왔다. 일행과 함께 판문각 2층 전망대에 올라 인기척이 전혀 없는 자유의 집을 정면으로 바라볼 때는 내가 있는 곳이 남쪽인지, 북쪽인지 혼란스러울 정도였다.

우리 말고도 프랑스 관광객 등 여럿이 와서 웃고 떠들며 사진을 찍는데 정작 자유의 집은 쥐죽은 듯 고요했다. 뭐가 거꾸로 된 듯한 느낌이 들었다.

우리는 늘 남에서 적막강산 같은 북을 바라보며 헐벗고 음산한 동토(凍土)의 땅을 떠올리곤 했다. 그런데 바로 그곳에서 거꾸로 남쪽을 바라보고 있노라니 내가 지금 초현실의 세계에 있는 건 아닌지 어리둥절했다.

지금 내 앞에서 곰살궂게 웃으며 열심히 설명하는 홍안의 군인을 보며 묘한 기분이 들었다. 만일 내가 남쪽에서 판문점에 왔다면 당연히 자유의 집에서 늠름한 국군장병의 설명을 들으며 황량한(?) 북쪽 판문각을 바라보았을 것이다.

남북정상이 역사적 만남을 가진 남북 경계선이 코 앞에 보인다. 저 선을 넘어 차를 타고 한시간이면 내가 사는 일산에 닿을텐데... 하지만 현실은 돌아가려면 다시 평양으로 올라가 중국을 경유하는 비행기를 두 번이나 타고 가야 한다. 대체 이게 무슨 우스꽝스러운 일인가. 수백만의 이산가족들은 무슨 죄를 지었길래 70년 넘는 세월, 지척(咫尺)에 가족을 두고도 생사를 모른 채 평생 그리움을 안고 살아가야 했을까.

우리는 어쩌다, 무엇 때문에 서로의 가슴에 총부리를 들고 있는 것일까. 70여년 전 우리는 동족상잔의 뼈아픈 비극을 겪었다. 그러나 원한이 대물림되서는 안된다. 지금 남북 정상이 왜 만나고 있는가. 남북이 화합하고 평화를 이루어 공존공영 하자는 것이다. 우리가 싸워야 할 대상은 겨레의 화합을 반대하고 분단의 이익을 노리는 세력이다. 보수냐 진보냐가 아니라 평화냐 폭력이냐의 문제라는 것이다.

태조 왕건릉에서 통일런치

판문점 방문을 마치고 개성 가는길에 선죽교를 들렀다. 시간이 빠듯했지만 잠깐이라도 방문하자는 부탁에 김선생은 선선히 응했다.

고려의 마지막 충신 정몽주가 이방원이 보낸 심복에 의해 철퇴를 맞고 절명한 선죽교, 돌다리에 핏자국같은 붉은 기운이 희미하게 남아있는 듯하다. 본래 이름은 선지교였지만 피흘린 곳에서 대나무가 솟아났다고 하여 선죽교가 되었다. 정몽주는 한때 이성계에 감화되어 위화도 회군에 찬동하는 등 같은 길을 걷기도 했지만 이성계의 '역성혁명(易姓革命)'에 반대한 온건개혁론자였다.

당대의 위대한 성리학자이자 고려에 충절을 지키려 한 그를 제거하는 움직임을 이성계는 거부했지만 이방원은 암살을 감행했다. 역사에 가정법은 없지만 만약 정몽주가 위화도회군에 반대했다면 어떻게 되었을까. 아마도 이성계의 쿠데타는 실패했을 가능성이 크다. 그렇다면 우리는 중원을 호령한 고구려의 기개를 되살려 좀 더 나은 역사를 갖게 되지는 않았을까.

정몽주가 충절의 상징이 된 것은 아이로니컬하게도 훗날 왕이 된 이방원(태종)의 정치적 판단 덕분이었다. 그는 정도전 등 급진파들을 억누르기 위해 정몽주 사후에 벼슬을 책봉하고 복권을 시켰다.

고려성균관은 국자감의 후신으로 서기 992년 세워진 우리나라 최초의 대학이다. 서울 명륜동에 있는 성균관대학의 경우, 조선시대 고려성균관의 후신으로 세워졌다. 재미있는 것은 명륜동 성균관 대학 캠퍼스에 수령 600여년의 은행나무가 있는데 고려 성균관에 갔더니 수령 1천년의 은행나무가 있었다. 그 은행나무 옆엔 수령 600년의 느티나무도 있었다. 이들 나무는 천연기념물로 북한의 국가보호수로 관리되고 있다. 1천년을 넘는 장구한 세월을 넘는 역사 유적지에 오니 감개무량했다.

성균관의 18채 건물 중 대성전, 동무, 서무, 계성사 4개 건물은 현재 고려박물관으로 사용되고 있다. 유네스코세계문화유산으로 등재되어 고려시대의 각종 문화재 약 1만여점을 소장, 1천여점을 전시하고 있다. 성균관의 대학기능은 인근 개성단과대학이 고려성균관으로 개칭되면서 경공업분야의 종합대학이 되었다. 현재 김일성종합대학과 김책공업대학에 못지 않은 명문대의 위상을 갖추고 있다.

태조왕건릉이 있는 마을은 주민의 절반이 왕씨로 왕씨성 집성촌이라고 한다. 왕건릉은 상당히 크고 웅장했다. 아름다운 소나무들로 둘러싸인 조경도 인상적이다. 북에서 소나무는 나라나무다. 평양의 국가선물관에 갔을 때도 주변에 아름다운 소나무 조경이 잘 돼 있는 걸 볼 수 있었다.

왕건릉 경내엔 태조 왕건을 기리는 사당이 따로 있는데 이곳에 왕건

태조왕건릉의 통일런치

의 초상화(어진)가 걸려져 눈길을 끌었다. 초상화가 만들어진 배경이 흥미롭다. 왕건릉을 안내한 여성 해설 강사는 여태까지 만난 강사중 말솜씨가 최고였다.

아주 해학적인 유머로 웃음을 안겨주며 조근조근 해설을 잘한다. 한자도 척척 쓰는게 인상적이었다. 북에선 한자를 거의 쓰지 않지만 역사와 전통을 설명해야 하는 해설강사들은 필수적으로 알고 있어야 할 것이다.

그녀에 따르면 왕건 가문의 후손 종손이 대대로 간직하던 족보가 있었는데 한국전쟁 후 김일성 주석에 의해 손상된 왕건릉을 대대적으로 복구한 것에 감격해 족보를 선물로 증정했다고 한다. 그런데 족보 맨 앞에 왕건의 초상이 그려져 있었다는 것이다.

왕씨성 사람들은 그 무렵까지만 해도 조선을 건국한 리씨 성과는 대대로 원수여서 혼인도 맺지 않았다고 한다. 조선 건국후 왕씨성 사람들이 집단으로 학살되고 큰 핍박을 받았기 때문이다. 이후 많은 왕씨 성 사람들이 전씨 옥씨 등 비슷한 한자로 바꾸거나 숨어 살았다.

600여년 세월이 무색하게 씻기지 않은 원한의 감정은 태조왕건릉이 화려하게 복원된 후 풀렸다. 해설강사는 "이젠 왕씨성과 리씨성 후손들이 혼인도 맺으며 화합하며 잘 살고 있다"며 미소짓는다.

관람을 마치고 왕건릉 바로 옆에 있는 야외테이블로 옮겼다. 11월 중순이었지만 아직도 고운 색을 잃지 않은 빨간 단풍이 그림같이 둘러진 곳에서 첫 야외식사를 하게 되었다.

평양의 삼선암 식당에서 주문한 도시락을 펴고 서울에서 가져온 오뚜기 컵라면을 꺼냈다. 뜨거운 물도 여영난 화백이 보온병에 어느새 담아 왔다. 주변에선 야외학습을 나온 듯한 소학교 아이들이 재잘대는 소리가 들린다. 아이들과 함께 도시락을 먹는 상상도 해본다.

청명한 날씨에 안내 김선생과 운전사 홍선생도 함께 어울린 늦가을의 피크닉이다. 모두에게 한 마디를 던졌다.

"남북에서 가져온 도시락을 함께 먹으니 '통일 런치'가 되었네요."

33

성불사 풍경소리 들리는 까닭

가을 코스모스가 이쁘게 피어난 고속도로를 달렸다. 두 번째 타는 개성가는 고속도로였다. 그러나 오늘의 행선지는 평양에서 1시간 정도 떨어진 황해북도의 대표도시 사리원. 정확히는 인근 정방산에 있는 성불사다.

정방산 성불사는 아마도 북녘 사찰중엔 가장 유명한 도량이 아닐까. 그것은 순전히 우리나라 대표 가곡 '성불사의 밤' 덕분일 것이다.

성불사 깊은 밤에
그윽한 풍경(風磬)소리
주승은 잠이 들고
객이 홀로 듣는구나…

이은상 시조에 홍난파가 곡을 붙인 대표적 가곡 '성불사의 밤'은 이

정방산 성불사에서

렇게 시작된다. 사리원에서 약 8km 떨어진 울창한 수림 속에 있는 성불사는 어떻게 가곡으로 탄생했을까. 이은상이 성불사를 찾은 것은 1931년 8월 19일. 이화여전 교수였던 그는 벗들과 정방산에 오르고 성불사를 돌아본 후 그날 밤 청풍루 마루에서 잠을 청했다.

하지만 밤새 법당 처마 끝에서 들려오는 댕그랑 댕그랑 하는 풍경소리에 잠을 이루지 못했다. 그때의 기억을 풀어낸 시조가 바로 '성불사의 밤'이다. 이 시조를 '한국의 슈베르트'로 불리는 홍난파가 이듬해 미국 유학시절 접하고 곡을 지었다.

깊은 밤 산사에서 나그네의 고독한 마음을 애조 띤 곡조로 노래한 명곡은 그렇게 탄생했다. 그런데 지난 2003년 서울 도선사 주지 혜자스님이 성불사를 찾았을 때 풍경소리가 들리지 않아 확인한 결과, 6.25때 미군 폭격으로 극락전이 파괴되면서 풍경이 소실되었다는 것을 알게 되었다.

이를 안타까워한 혜자스님 등 우리 불교계가 풍경을 제작해 북에 보내 다시금 은은한 풍경 소리가 울려 퍼지게 되었다. 남북 불교계가 뜻을 모아 우리 민족의 가슴에 남아 있는 성불사 풍경소리를 다시금 복원한 것이다.

성불사가 위치한 정방산(正方山)은 481m의 낮으막한 산이지만 100m 이상 높이의 기암절벽들을 이루는 등 주변에 비해 산세가 높고, 나무숲이 우거져 경치가 아름답다. 절을 들어서는 입구엔 인조 때 축성한 정방산성의 남문이 웅장한 자태를 자랑한다.

남문은 아치형 입구가 꽤 큰 편이었는데 맨 위에 세워져 있는 남문루는 단층짜리 문루로는 한머리 땅에서 가장 큰 규모라고 한다.

성불사는 신라 말기에 도선(道詵)이 창건하였고, 1374년(공민왕 23)에 나옹(懶翁)이 중창한 사찰로 한 때 20여 채가 넘는 전각과 10여개의 암자, 15개의 돌탑이 있었던 큰 절이었다. 특히 1327년(충숙왕 14)에 지은 응진전은 한머리땅에서 가장 오래된 목조건물로 이름 높다.

현재 성불사에는 극락전과 응진전을 비롯, 명부전, 운하당, 청풍루, 산신각 등 여섯 채의 절집이 5층 석탑을 빙 둘러가며 에워싸고 있다. 가곡의 여운 때문일까. 성불사에선 다른 사찰에서 느끼기 어려운 고적한 아름다움이 배어난다.

지금도 귓가엔 이곳을 설명해 주던 해설강사가 나지막히 읊조린 '성불사의 밤' 노래가 들리는 듯 하다.

34

대북제재의 역설 '자력갱생'

개성 외곽에서 지금은 남녘에서 보기 힘든 추억의 풍경들과 마주치게 되었다. 소가 달구지에 볏단이나 짐꾸러미 등을 잔뜩 싣고 가는 장면들이다. 대중교통과 짐차 등 화물차가 많지 않으니 자전거를 이용하는 주민들이 적지 않았고 소 몰이 모습도 심심찮게 보이니 타임머신을 타고 과거로 돌아간 듯한 느낌도 들었다.

어떤 이들은 이런 풍경을 보고 북한의 빈한한 사정에 혀를 끌끌 차거나 눈부시게 발전한 남한의 경제에 자부심을 가질지도 모르겠다. 그러나 역지사지(易地思之) 해보자. 만일 우리가 30년에 걸친 모진 경제제재를 받았다면 과연 얼마나 지탱할 수 있었을까. 패닉현상으로 며칠도 못가 아마 난리가 났을 것이다.

90년대 초 동구블럭이 와해되고 소련이 해체되면서 북은 상당한 무역시장을 잃었고 엎친데 덮친 격으로 95년과 96년에, 100년만에 한번 온다는 가뭄 수해 등 천재지변이 연이어 강타했다. 기왕의 대북제재까지 포함해 총체적 재난이 융단폭격처럼 가해진 '고난의 행군' 시기였다.

최악의 경제난으로 배급이 제대로 안 되면서 지방에선 아사자(餓死者)가 속출했다. 먹고 살기 위해 탈북자들이 중국 등지로 나왔고 길에서 물건을 파는 장마당도 생겨났다. 그나마 사정이 좋았다는 평양 주민들도 살기가 녹록치 않았던 시절이다.

경제적 관점에서 오늘의 북한을 관통하는 것은 '자력갱생'의 기치다. 내 힘으로 살아가는 것, 그것이 자력갱생이다. 하노이 북미회담이 결렬되고 트럼프 미 대통령은 한국의 모 기자가 대북제재를 강화할 것이냐고 질문하자 "이미 대북제재는 강력하다. 북한 주민들도 살아야 한다. 북한 주민 생존도 우리에겐 중요한 문제다"라고 가혹한 대북제재의 실상을 고백(?)했다.

한국기자의 질문에 트럼프도 정색할 만큼 대북제재는 가능한 모든 봉쇄를 전방위적으로 가하고 있다. 북한의 영유아들에게 필요한 의약품과 결핵약, 항암제는 물론, 링거 투여에 필요한 의료기구조차 들어가지 못하는 상황이다. '한 방울의 기름, 한 개의 나사못, 한 와트의 전기도 못들어가는' 지구촌 최악의 경제봉쇄를 대북주민제재, 인권제재라고 비난하는 것도 그 때문이다.

그래서 북은 지난 30여년간 자체적으로 해결할 수 있는 모든 방법을 고안했고 개발할 수 있는 모든 것을 만들어냈다. 살림집(아파트)마다 태양열 패널을 설치하거나 지열을 끌어들여 가정용 전기를 쓰고 대규모 댐을 만들기 힘든 지역에는 계단형 발전소를 세웠다. 양수기가 필요없도록 자연흐름식 물길공사도 대대적으로 펼쳤다.

그런가하면 강원도 세포 등판 지역엔 버려진 황무지를 개간해 세계 최대의 축산국가인 뉴질랜드의 대목장 두배가 넘는 어마어마한 축산기지를 조성해 놓았다. 드넓은 목초지에서 수많은 가축들이 한가롭게 풀을 뜯어먹는 장면을 본다면 누구나 감탄사가 나올 것이다. 평양엔 타조농장이 있어서 보통강 거리 고기상점 같은 곳엔 타조고기 등 5종의 고기를 아주 저렴하게 공급하고 있다.

그야말로 제재의 역설이다.

"한켤레에 여덟 달랍니다"

1988년 설립된 류원신발공장은 북한 최대의 운동화 전문공장이다. 본래 해외동포가 투자해 설립됐으나 몇 차례 주인이 바뀐 후 현재는 국유화되었다. 이 신발공장의 생산라인은 평양제화기계공장과 류원신발공장의 기술진이 협력해 제조한 것으로 자동화로 생산율이 크게 높아져 하루 2,000 켤레, 연간 100만 켤레의 신발을 제조하고 있다.

새로운 설비도입으로 전력소모량도 낮지만 대부분의 전력 공급을 자체 충당하고 있는 것이 인상적이다. 2017년 7월부터 공장 지붕에 1,200개에 달하는 태양전지판을 설치해 공장 전력 사용의 80%를 태양열에너지를 사용하기 시작했다. 개성 가는 길에 목격한 아파트마다 창문에 달린 태양열 패널처럼 태양열에너지는 지금 북한 전역에서 산업발전의 주요한 공급원이 되고 있다.

류원신발공장은 공장이라기보다는 세련된 사무용 빌딩처럼 외관도, 내부 시설도 산뜻했다. 우리를 안내한 공장 책임자는 김책공업대

류원신발공장

학에서 개발한 생산 설비라인을 비롯, 중앙 컴퓨터 통제실과 직원들
이 자유롭게 사용할 수 있는 컴퓨터 열람실도 공개했다. 최신 설비로
운영된다는 자부심도 엿보였다. 공장 빌딩 사이엔 배구장과 농구코트
가 만들어져 직원들이 쉬는 시간 즐길 수 있도록 해 놓았고 화단의 조
경도 잘 관리되고 있었다.

　신발은 예상했던 것보다 훨씬 다양하고 화려한 컬러를 자랑했다.
품질에 대한 자신감은 나이키와 아디다스 아식스 등 세계적인 브랜드
의 스포츠화들과의 비교 코너에서도 잘 드러났다. 공장 견학을 마치
면서 혹시 신발을 살 수 있냐고 묻자, 자체 상점이 있다며 안내했다.

　상점은 1, 2층으로 규모도 제법 컸다. 북한 화폐로 표시되어 얼른
감이 안와서 고급 러닝화를 들고 미국 돈으로 얼마냐고 물었더니 "여
덟 달랍네다" 하는게 아닌가. 고작 8달러라니. 믿기 힘든 가격이었다.
나이키 동급 제품의 15~20분의 1 가격이었다. 세금도 없이 단돈 8달

러에 근사한 신주머니까지 받으니 횡재한 기분이었다.

공장 책임자 얘기가 외국 사업가들이 류원신발공장을 견학하고 수출입 계약 등 파트너십에 관한 문의가 많이 들어 온다고 한다. 현재는 대북제재 때문에 불가능하지만 이것이 풀리면 운동화 등 북의 경공업 제품들은 엄청난 경쟁력이 있을 게 확실했다.

웃지못할 에피소드 한토막.

공장 내부 기둥에 붉은 글씨로 '주체화' '장군복' 등의 글씨가 써 있길래 '북이 주체를 중시하니 '주체화(靴)'라는 이름의 신발도 만들고, 중국의 인민복(人民服) 마냥, 장군들이 입는 멋진 옷도 만드나?' 생각했다. 신발공장에 뜬금없이 '장군복'이 나오는게 의아했다.

동행한 안내원 김선생에게 글씨를 가리키며 "아니 여기서 옷도 만드나요?" 했다. 김선생이 무슨 소린가 하더니 "아 그런거 아닙니다"하고 배꼽을 잡는다. 알고보니 주체화는 말 그대로 주체화(主體化)요, 장군복은 '장군의 옷(服)이 아니라 장군님 복(福)이었던 것이다.

여담이지만 이런 문제 때문에라도 한자는 필요하다. 남이나 북이나 한자를 중국문자로 착각하지만 먼 옛날 중원대륙의 주인은 우리 동이 배달한민족이었다. 우리 민족이 한자를 만들었는데 중국의 역사조작에 세뇌되어 중국문자로 오인하고 있는 것이다. 한자(漢字)가 아니라 한자(韓字)다.

한글의 원형이 가림토문자인 것처럼 환웅이 세운 배달국때부터 한자(韓字)의 원형 태고문자(太古文字)가 있었다. 증거가 없다고? 경남 남해의 거북바위엔 학자들이 인정하는 인류의 시원문자가 새겨져 있다. 중국인들이 쓰는 한자(漢字)는 우리의 한자(韓字)를 계승한 것으로 한나라 때 이름지어진 것이다.

필자가 대표기자로 있는 '글로벌웹진' 뉴스로(www.newsroh.com)는 한국 미디어로는 유일하게 주요 단어를 한자로 병기하는 정책을 시행하고 있다. 한자(韓字)는 한글과 함께 우리 민족의 자랑스러운 우리의 문자이다. 한문으로 표기된 우리 조상들의 자랑스런 문화유산을 남의 나라 글자로 치부하는 것은 엄청난 망발이다.

백보 양보해도 한자는 우리와 중국 등 동북아 문명이 함께 키워나간 공유의 문자라고 할 수 있지 않은가.

36

묘향산 휘발유 조개구이의 추억

묘향산(妙香山)에 가기 전날이었다. 안내원 김선생이 "묘향산 가서 조개구이나 먹읍시다"고 말한다.

아니 묘향산에 바다가 있나? 산에서 웬 조개구이? 불현듯 90년대 중반 한 공중파 TV 취재진이 북에서 주민과 인터뷰 하면서 '해수욕을 묘향산에서 한다'는 식으로 소개해 웃음거리로 삼았던 일이 떠올랐다. 아무려면 북한 주민이 해수욕의 뜻을 몰라서 묘향산에서 해수욕 한다고 하겠는가.

묘향산 조개구이의 의문은 다음날 아침 김선생이 비단(백합) 조개를 8kg이나 들고 오면서 풀렸다. 어린아이 주먹만한 조개들이 먹음직스러웠다.

북녘의 4대 명산으로 꼽히는 묘향산은 계곡부터 우리를 놀라게 했다. 거울처럼 맑은 명경지수(明鏡止水)였다. 계곡 하류인데도 바닥이 고스란히 비치는 게 어쩌면 그렇게 투명한지... 너무 맑아서 산천어조

묘향산 휘발유조개구이

차 못살 것 같았다.

동행한 권용섭 화백은 물가로 가더니 호텔에서 들고 온 샘물(생수)을 버리고 계곡물을 담았다. 벌컥벌컥 들이키면서 "생수보다 더 시원하고 맛있네" 연신 감탄이다.

묘향산 입구에 세워진 생태환경 보호 준칙 안내판을 보니 북의 자연보호 정책은 우리보다 엄격하게 느껴졌다. 남녘에 비해선 행락객이 거의 없어서 오염될 가능성이 적은데도 수려한 자연을 보호해야 한다는 의지는 확실해 보였다.

취사는 사전에 허가를 통해 지정된 곳에서 가능하다. 그런데 조개를 굽는다면서 주변엔 장작이나 숯같은 게 보이질 않는다. 조개구이 방법은 그야말로 놀라웠다.

김선생과 운전수 홍선생은 큼지막한 조개들을 돌판 위에 나란히 세우기 시작했다. 균형을 잡기 위해 테두리는 작은 돌로 받쳤다. 저걸 어떻게 익힌다는거야?

갸우뚱하는데 홍선생이 점퍼 주머니에서 작은 플라스틱 생수통 두 개를 꺼낸다. 연노랑의 액체가 담겨 있다. 작은 구멍을 통해 쭉 뿌리더니 라이터를 켠다. 순식간에 불이 붙었다. 액체의 정체는 휘발유였다.

"어? 먹을거에 휘발유 뿌려도 되나요?"
"아, 일없습니다(괜찮습니다). 휘발유는 타서 날아가는데 뭐."

듣고보니 그럴듯했다. 불과 10분만에 즉석 조개구이가 완성됐다.

하나씩 조개를 들고 입을 벌렸다. 잘 익은 속살에선 살짝 휘발유 향이 묻어났다. 그런데 먹다보니 묘한 중독성이 있었다.

조개구이에 평양소주가 빠질 수 없다. 김선생은 "조개랑 소주랑 같이 먹으면 안팎으로 소독됩니다"고 이죽댄다. 술잔은 커다란 조개껍질이 대신했다.

조개껍데기 술잔을 주거니 받거니...

묘향산 계곡의 휘발유 조개구이는 그렇게 특별한 추억이 되었다. 휘발유 조개로 배를 채운 덕분에 준비한 도시락은 반이상 남겼고.

방북 후에 오랫동안 북녘에서 의료봉사를 했던 LA의 오인동 박사와 통화하며 휘발유 조개구이 얘기를 하자, "휘발유 조개구이? 그거 기가 막히지. 난 평양에서 먹었는데, 경치좋은 묘향산 계곡에서 즐겼으니 더 좋았겠구만" 하고 껄껄 웃었다.

휘발유 조개구이 추억이 너무 강렬해서 두 번째 방북에선 평양의 유일한 휘발유 조개구이 식당을 일부러 찾아갔다. 대동강 풍치가 멋드러진 동평양의 강변 락랑호텔 식당이었다. 강변에서 여성봉사원이 직접 조리하는데 둥그런 통속에 조개를 세워놓고 휘발유를 뿌린다. 나도 좀 해보자고 하면서 휘발유 조개구이가 언제 어떻게 시작됐는지 물었다.

"저도 잘은 모르지만 우리 아버지가 어렸을 때부터 휘발유 조개구이를 잡수셨다니까 1950년대부터 있었던 거 같습니다. 그때는 가마니 위에 조개를 세워놓고 휘발유를 뿌렸습니다."

휘발유조개구이는 드라마 '사랑의 불시착'에서도 소개되었다. 혹시 북에 갈 기회가 생긴다면 휘발유 조개구이를 한번쯤 경험하시라. 평생 잊을 수 없는 기억으로 남을 것이다.

37

김동무와의 폭탄주

우리와 7박 8일을 동고동락한 김선생은 자강도 출신이다. 앞서 언급했듯 해외동포사업부 소속 안내중엔 가장 고참이다. 5년 후에 은퇴한다는 그는 화끈하지만 뒤끝이 없는 전형적인 이북 사나이였다.

개성 가는 고속도로에서 그는 젊은 시절 군대에서 축구한 얘기를 들려주었다. 남한서도 군대에서 축구한 얘기는 남자들의 오래된 레파토리인데 북에서도 군대 축구 이야기를 듣게 될 줄은 몰랐다.

그의 군대축구 일화는 개성 고속도로에서 펼쳐졌다. 고속도로 노반 공사를 하고 난 후 그 위에서 사단 축구경기를 했다는 것이다. 잔디는 아니지만 땅으로 잘 다져놓았으니 축구하기는 안성맞춤이었을 것이다. 몸을 내던지는 투혼을 발휘한 덕분에 우승까지 거머쥐었는데 그만 그 경기에서 허리를 다쳤단다. 덕분에 아직도 몸이 시원찮지만 개성가는 고속도로를 달릴 때마다 옛 추억이 떠오른다며 눈을 가늘게 뜬다.

　북에서 안내로 나오는 이들은 대개 명문대를 졸업하는 등 좋은 학벌에 언변도 뛰어나다. 김선생은 연륜만큼 풍부한 경험도 갖췄지만 시시때때로 속담과 비유를 곁들인 구수한 입담으로 듣는 재미가 있었다.

　어쩌면 그렇게 얘기를 잘하냐고 했더니 "이거 말해도 되는지 모르갔는데 우리 어머니가 옛날 고향에서 별명이 '변호사'였습니다. 동네 사람들이 모여서 어머니를 둘러싼 채 시간가는 줄 모르고 얘기를 들었답니다. 그걸 좀 닮았지요."하고 웃었다.

　나의 기자적 근성과 그의 자강도 기질이 몇 차례 긴장관계(?)를 조성하기도 했는데 한번은 술자리에서 "내 별명이 '피뜩쟁이'에요"라고 고백한다. 가끔 핏대를 올리지만 속은 여리고 뒤끝이 없는 사람이었다.
　그에게 우리는 '그대로 김동지'라는 별명을 붙여주었다. 툭하면 '그대로'라는 말을 썼기 때문이다.
　"내, 그대로 말합니다..."

"그대로 얘기하면..."

이런 말을 하루에도 수십 번씩 했다.

'그대로'를 달리 말하면 "솔직히 말해서", "까놓고 말해서"라는 뜻이다. 김선생은 우리가 뭔가 어려운 요청을 하거나, 물정 모르는 소리를 하면 여지없이 정색하고 "내, 그대로 말합니다" 하곤 했다. "그대로~"라는 말이 나올 때마다 우리가 웃자, 그는 무안한듯,

"나 이거 또 그대로가 나오네... 에이... 어쨌든 그대로 말합니다"라며 봄날같은 분위기가 연출됐다.

"로선생, '뉴스로'도 좋지만 '그대로' 얼마나 좋습네까. 그대로 뉴스로 갑시다!."

주체탑에서 운좋게 구렁이술을 얻어 먹은 날 김선생과 고려호텔 저녁식사와 전망대에서 3차, 숙소인 해방산호텔에서 장소를 옮겨가며 4차와 5차를 했다. 남녘 스타일의 폭탄주를 들이킨 덕분에 다음날 숙취(宿醉)로 고생은 했지만 술 덕분에 한결 가까워진 느낌이었다. 출국일 공항에선 도리없이 섭섭한 작별의 순간도 있었고.

38

선물박물관 아시나요

북녘엔 다른 국가들에 없는 특별한 전시관이 두개 있다. 평양의 국가선물관과 묘향산의 국제친선전람관이다. 국가선물관과 국제친선전람관은 해방 후부터 '백두산 3대장군(김일성, 김정숙, 김정일)'과 김정은 국무위원장이 받은 모든 선물들을 보관 전시하는 곳이다.

1978년 개관한 국제친선전람관은 성벽 모양의 한옥 건축물에 파란색 기와를 올려 놓은 것으로 4만 6천㎡의 방대한 공간에 100여 개의 전시실을 가지고 있다. 바로 인근에 유명한 보현사가 있고 전람관 최상층엔 아름다운 묘향산의 자태를 감상할 수 있는 발코니가 있다.

2012년 평양 룡악산에 국가선물관이 개관하면서 내국인의 선물과 남녘 동포들, 해외동포 등 한민족의 선물들만 따로 전시하게 돼, 묘향산 국제친선전람관은 세계 각국의 정상과 수반, 외국인들이 증정한 진귀한 선물들을 보존 전시하고 있다.

북에선 대부분의 명승지나 기념관에서 사진 촬영이 허용되지만 국

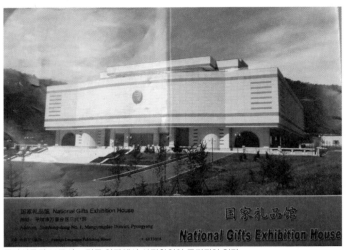

국가선물관 브로셔 - 건물 안팎에서 사진촬영이 금지되어 있다.

가선물관과 국제친선전람관은 사진촬영이 엄격히 금지되고 있다. 비단 촬영만이 아니라 입장할 때부터 모든 소지품을 보관하고 X레이 검색대를 통과해야 한다.

아닌게 아니라 눈이 휘둥그레질만큼 귀한 선물들이 가득하다. 상당수가 국보급 문화재로 지정해도 좋을 만큼 엄청난 정성이 들어간 것들이었다. 해방후 소련 서기장이 김일성 주석에게 선물한 방탄차량을 비롯해 소형비행기까지 전시돼 있고 시간에 쫓겨 못봤지만 특별한 의미가 있는 기차까지 전시돼 있다니 입이 벌어질 정도다.

국제친선전람관은 지난 40여년 동안 남측 참관자 3만여 명을 포함, 500여만 명이 참관한 것으로 알려졌다. 북녘 언론에 따르면 "묘향산에 있는 선물관이 이름 그대로 '국제친선'의 진수를 보여주는 보물고라면, 평양의 선물관은 대를 이어 계승되는 애국의 한마음이 집결된 위인칭송의 전당이다"라고 소개하고 있다.

국가선물관은 29만㎡의 부지에 건축면적 6,465㎡의 장방형의 4층 건물이다. 선물관 양쪽엔 소나무 수백그루가 도열하듯 조성돼 있다. 남쪽에도 소나무는 많지만 확실히 북녘엔 아름답고 기묘한 모양의 소나무들이 많은 것 같았다. 아마도 북의 국수(國樹)가 소나무이기 때문이리라.

국가선물관에서 눈길을 끄는 것은 역시 남측 인사들이 보내온 선물이다. 삼성을 비롯한 대기업의 회장들, 2000년 6월의 첫 수뇌회담 이후 북남공동선언의 리행과정에 조국통일을 위한 실천에 몸을 담았던 각계의 인사들이 올린 선물들이다.

흥미로운 것은 남한의 역대 대통령들이 보낸 선물들이다. 남북정상회담을 한 김대중 노무현 전 대통령은 물론, 박정희와 전두환, 노태우, 박근혜 전 대통령도 있었다. 박근혜의 경우 2002년 국회의원 시절 평양을 방문했을 때 선물한 것이다.

이밖에 김우중 전 대우회장, 북한이 반동언론으로 규정한 동아일보와 조선일보 사주가 김대중 대통령 시절 방북했을 때 전달한 선물도 눈길을 끌었다. 1998년 언론사 사장단이 방북했을 때 준비한 선물들이다.

동아일보의 경우, 1937년 김일성주석이 독립운동을 할때 보천보전투를 승리로 이끈 보도내용을 금동판으로 찍는 등 각별한 정성을 기울인 선물을 증정했다.

언젠가 한 보도에서 국가선물관의 해설강사가 뼈있는 한마디를 남긴 게 떠오른다.

"이 선물들을 남조선사람들에게 다 보여주게 되면 대통령들이 (국가)보안법에 걸려 체포될 수 있습니다."

‘방과후 학교’ 학생소년궁전

북에서 학생소년궁전은 국가가 운영하는 대규모 방과후 교양시설이다. 남쪽과 마찬가지로 북에서도 학교 수업을 마치면 방과후 과외를 한다. 차이는 민간시설이냐 국가시설이냐, 돈을 내느냐 안내느냐의 차이다. 북에선 과외활동을 소조(小組)활동이라고 한다. ‘궁전’이라는 표현은 ‘어린이들이 나라의 왕이니 훌륭한 궁전을 안겨 주자’는 취지다.

아다시피 북에는 사설학원이 존재하지 않는다. 학교단위로 매일 방과후 2~3시간 수학, 물리, 화학, 외국어 등 학과목 소조와 각종 예체능 소조를 운영한다. 소학교는 예체능 중심으로 소조가 운영되며, 중학교는 예체능 소조 외에도 문학 수학 물리 등 주요 과목별 소조가 운영되고 있다.

흥미로운 것은 소조가 학교들만이 아니라 아니라 각 기업소나 공장 등 모든 직장에도 조직돼 있다는 것이다. 결국 모든 학생들이 어디서든 소조활동이 가능하고 자기가 사는 도시에서 운영되는 학생소년궁전에서 더 높은 수준의 교육을 받을 수 있다. 북에는 학생소년궁전과

만경대 학생소년궁전 공연장면

청소년회관 야영소 등 청소년 과외 교양시설들이 100여개 운영되고
있다.

북한의 대표적인 학생소년궁전은 바로 만경대학생소년궁전이다.
1989년 개관한 만경대학생소년궁전은 1만 2천여 명의 소학교, 중학교
학생들이 활동하고 있다. 무려 700개에 달하는 소조활동실과 수영
장, 체육관, 10만권 장서의 도서관, 2,000석 규모의 극장, 자동차운전
실습장이 갖추어져 있다. 학생들을 위해 600여 명의 지도교원들이 과
학, 교육, 예술, 체육 부분의 200여 개의 소조를 운영하고 있다.

평양엔 1967년 문을 연 평양학생소년궁전이 있고 덕천의 2.16 학
생소년궁전, 개성소년궁전 등 지방 주요 도시와 시, 군, 구역 단위로 청
소년 시설들이 있다.

만경대학생소년궁전은 방송 뉴스를 통해 많이 소개되었는데 규모
가 실로 엄청났다. 안내강사도 중학생으로 보이는 소녀가 맡는게 이색

적이었다. 수업이 진행되는 교실 10여개를 무작위로 들어갔는데 무용, 가야금, 기타, 드럼, 아코디언 등 악기반, 농구, 배구, 리듬체조 등 예체능과 과학반까지도 있었다.

학생들은 각기 수준에 따라 지도를 받는 듯 했고 전문 교사들이 세심한 지도를 하고 있었다. 동행한 여영난 화백이 김선생에게 "아이들이 이곳에 어떻게 오나요? 남한에선 부모들이 직접 데리고 오거나 하는데..."라고 하자 "뭘 어떻게 옵니까. 알아서 버스타고 오지요" 한다. 하긴 서방세계처럼 아동 대상 범죄가 거의 일어나지 않을 테니 문제는 없겠다 싶었다.

만경대학생소년궁전은 매주 목요일 오후 5시에 방문객들을 위한 공연을 한다. 극장엔 우리처럼 해외 방문자들도 있었지만 지방에서 온 듯한 학생들의 단체 관람도 있었다. 무대 앞 초대형 동영상 스크린을 배경으로 약 50분에 걸쳐 전통춤과 음악 연주, 승마를 소재로 한 세련된 내용의 무용 등 갈고 닦은 솜씨를 발휘했다. 마지막엔 학생 오케스트라를 포함, 수백명이 한꺼번에 등장해 모두가 나와 연주와 노래를 하며 대단원의 막을 내린다.

끝으로 관객들이 격려의 꽃다발을 주는 순서가 있는데 입장할 때 2달러짜리 인조 꽃다발을 살 수 있다. 초등학교 아이들의 공연으로는 세계 최고 수준이 아닐까 싶다.

40

박연폭포에 넋을 잃고

지난 2008년 개성관광이 허용됐을 때 설문조사에서 80%가 박연 폭포를 가장 인상깊은 명소로 꼽았다. 금강산의 구룡폭포, 설악산의 대승폭포와 더불어 3대 명폭의 하나인 박연폭포.

실물을 대하니 왜 박연폭포가 황진이, 서경덕과 함께 '송도삼절(松 都三絶)'로 불리는지, 수많은 문인, 묵객들이 박연폭포의 자태에 취해 시를 짓고 바위에 새겨 놓았는지 고개가 끄덕여졌다.

11월의 스산한 풍광에도 박연폭포는 홀로 아름다웠다. 지금까지 본 가장 예술적인 폭포라고 할까. 큰 물줄기와 작은 두 개의 물줄기가 서 로 다른 속도로 떨어지는 모양과 소리가 흡사 음악을 연주하는 듯했 다. 물이 많을 때는 고모담의 깊이가 8m에 달하고 왼편으로 용바위까 지 물이 차오르지만 우리가 갔을 땐 수량이 적어서 폭포 앞까지 다가 갈 수 있었다.

권용섭 화백이 박연폭포 앞에서 바위에 천을 올려놓고 수묵화 퍼포먼스를 하고 있다.

이곳에서도 권용섭 화백은 폭포 앞 작은 바위에 천을 걸쳐놓고 세 번째 수묵화 퍼포먼스를 진행했다. 폭포물을 적셔 먹을 풀고 바위를 오르내리고, 거꾸로 엎드린 채 그리는 등 난이도 높은 작업을 시작한 지 20여분만에 박연폭포 수묵화가 완성됐다. 망토처럼 그림을 어깨에 걸치고 휘휘 날리며 춤을 추는 권용섭 화백. 이곳을 다녀간 수많은 예인들처럼 그렇게 하나의 의미있는 추억의 기록을 남겼다.

박연폭포 이름의 유래에 대해 해설강사는 폭포 위에 바가지 모양의 못이 있어서 '박연(朴淵)'이라고 불렸다고 소개했다. '박연'이 위에 있다는데 확인하지 않을 수 없었다. 오른쪽 오르막길의 정자, 범사정(泛斯亭) 쪽으로 카메라를 들고 냅다 뛰었다. 모두 216계단이었다. 올랐더니 뜻밖에 북문이라는 현판이 걸린 작은 성채가 있다. 고려때 조성된 대흥산성 북문이다.

가쁜 숨을 몰아쉬며 성문 왼쪽으로 돌아갔더니 과연 작은 못이 있다. 바가지 모양 '박연'이었다. 박연의 깊이도 5m나 된다고 한다. 산줄기 계곡을 따라 흘러내리는 맑은 물이 선바위에 부딪쳐 돌면서 바가지 모양에 담기었다가 그 윗물이 바위벽을 타고 떨어지기에 그토록 예술적인 폭포가 되는 것이다. 앞으로 박연폭포를 찾는 이들은 기왕이면 계단을 올라와 바가지 모양의 못도 눈에 담고 가시라. 그렇지 않으면 '박연폭포'에 와서 '폭포'만 보고 가는 셈이니까.

시간만 있다면 박연폭포 위 길을 따라 5분여 가면 고려시대 고찰 관음사에 들를 수도 있다. 좀 더 가면 강화대교와 일산 신도시까지 한눈에 보인다니 그 또한 기대도 된다.

41

대동강수산물식당의 철갑상어

　개성에서 올라오는 날 저녁은 대동강수산물식당으로 잡았다. 2018년 7월 오픈한 대동강수산물식당은 문재인 대통령과 김정은 위원장이 시민들과 함께 만찬을 해 유명세를 탔다. 강변에 배모양으로 날렵하게 지어진 건물에 들어가면 누구나 감탄사를 내뱉는다. 철갑상어 수백마리가 헤엄치는 거대한 수조관이 등장하기 때문이다.

　한번 보기도 힘든 철갑상어를 요리로, 그것도 회로 먹을 수 있는 곳이 바로 대동강수산물식당이다. 북에선 철갑상어 양식에 성공해 대동강 수산물 식당만이 아니라 옥류관 등 다른 곳에서도 먹을 수 있다고 한다.

　2층과 3층엔 남북정상이 만찬을 즐긴 '민족료리식사실'로 불리는 한식당과 동양료리식사실, 서양료리식사실을 갖추었고 10~20인 규모의 다양한 별실들이 있어 총 1500명을 수용할 수 있다. 또 각종 해산

대동강수산물식당

물 등을 파는 대형 마트도 있다.

우리는 가족실에 들어갔는데 전통 인테리어가 장식된 온돌식 방으로 고급 한정식 식당처럼 테이블 아래 발을 편하게 내려 놓을 수 있었다. 간판 메뉴인 철갑상어회를 비롯, 칠색송어, 용정어, 연어와 각종 조개류, 찜 요리, 탕 요리를 골고루 맛보았다.

평양 다녀온 후 철갑상어회 얘기를 해주면 다들 맛이 어떤지 궁금해 한다. 솔직히 나는 철갑상어라는 선입관 때문인지 식감이 편하진 않았다. 조금 질긴 듯했지만 회를 좋아하는 사람들의 입맛엔 잘 맞을 것 같았다.

놀라운 것은 음식값이었다. 이날 두 팀이 합류해 각자의 안내원과 운전사등 10명이 함께 식사를 했다. 철갑상어회에 탕과 다른 생선요리 등 푸짐한 만찬을 소주 맥주와 함께 즐겼다.

이번엔 제법 많은 돈이 나왔을 것이라고 예상하고 계산서를 받아든 순간 눈이 똥그래졌다. 100달러를 넘지 않은 것이다. 열 명이 이렇게 먹고도 10만원 정도면 착해도 너무 착한 가격 아닌가.

앞서도 얘기했지만 북녘에서 식사 값은 대략 남쪽의 절반이고, 내가 사는 뉴욕의 3분의 1 정도였다. 세금도 팁도 없는 이북의 헐한 물가라니. 사실 이것도 외화식당 가격이니 북 주민들만 가는 식당 음식값은 훨씬 싸게 먹힌다.

남북이 본격 교류를 한다면 북에서 주요 명승지를 다니며 다양한 음식을 즐기는 '식도락 여행'이 아주 인기가 있을 것 같다. 요즘 먹방이다 뭐다 해서 음식과 먹는 것에 대한 관심들이 높은데 북녘에서 별미여행을 하는 프로그램이 생긴다면 단숨에 대세 프로그램이 되지 않을까.

금당 주사약 어떻길래

고려항공을 타고 심양에서 평양으로 처음 날아갈 때 가장 먼저 본 상품은 기내에서 판매하는 제품이었다. 대부분 민간 약재들을 판매했는데 '금당-2'와 '혈궁'이 눈에 띄었다.

비행시간이 한시간 남짓이었지만 로동신문 제공과 햄버거 기내식에 이어 두명의 여성 승무원들이 면세품 카트를 밀고 왔다. 호기심에 들여다 보았다. 금당-2는 사실 미국에서도 들어 알고 있었다. 평양의 상품박람회를 몇 년간 다녀온 뉴욕의 한 실업가로부터 들은 귀동냥이었다.

금당-2는 조선부강제약회사가 판매하는 주사약제로 2000년대 초 남북교류가 활성화되면서 알음알음으로 남쪽에도 소문이 났다. 당시 광고 팜플렛엔 "무병장수는 꿈이 아닙니다", "조류독감도 막을 수 있습니다"라는 문구가 적혀 있는데 제품

설명서엔 간염과 간경변증, 간 복수, 취장염, 당뇨, 대장염, 알레르기성 피부염, 심장 신경증, 협심증 치료나 예방에 사용하고 있다고 나와 있다.

금당 2호' 주사액은 주성분인 개성 인삼 추출액과 금, 백금을 나노 공법으로 용융하여 혼합한 것으로 또한 암세포 증식을 억제하고 성기능을 높이는데도 탁월한 효과가 있으며, 조류 독감, 슈퍼박테리아 등의 치료와 예방에도 효능이 있다고 소개했다.

그 무렵 국내에 금당-2가 밀반입되는 사건이 발생했는데 국립과학수사연구소가 압수된 약을 조사한 결과, 국소마취제 성분이 있는 불법 의약품이라는 사실이 발표되기도 했다. 중국에서 금당-2의 명성을 이용해 불법 제조된 가짜 약품이었던 것이다.

흥미로운 것은 금당-2 등 모든 약재들이 항공기 기내와 평양시의 상점에서 같은 가격에 팔린다는 사실이다. 흔히 국제선 기내에서 팔리는 것은 면세품이라 더 쌀 것이라고 생각하지만 어차피 북에선 세금이 붙지 않으니 어딜 가나 똑 같은 가격일 수밖에 없다.

지난 2016년 북녘 웹사이트 '조선의 오늘'은 "금당-2주사약은 간염과 간경변 치료에 뚜렷한 효과를 보였다. 특히 피부병과 위병 대장염, 관절염, 불면증을 비롯한 여러 질병 치료에서 성과를 보았다"고 소개했다.

또한 "금당-2 주사약이 메르스(중동호흡기증후군)와 사스(중증급성호흡기증후군), 조류독감 뿐 아니라 에이즈까지 예방치료할 수 있다"고 강조해 눈길을 끌었다. 면역체계 항암치료제인 금당-2 주사약은 국제적인 지명도가 높아 알음알음으로 구하려는 사람들도 적지 않다.

남송무역회사에서 판매하는 금당-5알약도 있다. 금당-5알약은 "인삼이 산삼효과를 발휘할 수 있게 하는 특수 처리기술, 조성물질들의 나노화 기술 등 첨단 기술을 적용하여 제조한 약물로 그 효능이 인삼보다 수십배 높고 먹기 편리하고 안전하여 의약품 전시회들에서 여러 차례 특등상과 금상을 수여받았다'면서 "특히 면역효과와 몸보신작용이 뛰어나 산삼을 비롯한 진귀한 보약들을 모두 합친 것과 같은 신기한 효과를 나타낸다"고 홍보하고 있다

치료질병은 악성감기와 암질환, 부정맥, 당뇨병, 무릎관절아픔 등 무려 32종에 달하고 복용시 금기증이나 부작용은 '없다'고 자신했다. 북의 고려 약재들은 천연성분이라서 부작용을 걱정할 필요가 없다는 것이다.

정력강장제인 네오비아그라도 눈길을 끈다. 네오비아그라는 비아그라의 약초버전이라 할 수 있는데 생산업체인 동방즉효성약물센터는 "부작용이 전혀 없고 남자음위증에 신기한 효과, 녀자 성기능 저하증에 특효"라며 "성 기능을 즉각적으로 회복"시키는 것은 물론 등과 어깨, 무릎 통증 등에도 효과가 있다"며 모든 면에서 비아그라보다 훨씬 낫다고 선전하고 있다.

지난 2016년 워싱턴 포스트는 매사추세츠에 있는 화이자의 한 연

구소에 보내 성분 분석을 의뢰한 결과, 1회 복용량 당 비아그라의 성분인 실데나필 50㎎이 검출됐다고 보도했다. 흥미로운 것은 실데나필이 비아그라에 있는 것과는 다른 제형이라는 사실이다. 워싱턴 포스트는 "화이자가 임상시험을 거치지 않았기 때문에 '네오-비아그라'가 정말로 효과가 있는지, 안전한지에 대해서는 확인하지 못했다"고 했으나 "효과가 있을지도 모른다"며 간접 인정하기도 했다.

금당-2가 등장하기전까지 북녘의 약재는 '장명'이 유명했다. 장명은 지난 95년 스위스 제네바 국제 신기술 박람회에서 금상을 받은 건강식품으로 송이버섯에서 추출한 성분으로 만들어졌다. 특히 암환자들에게 인기가 높아 국내에 장명분과 장명플러스 두개의 제품이 들어왔는데 2004년 북의 민족경제협력연합회가 대한무역진흥공사에 이메일을 보내 "장명분이 유일한 진품"이라며 가짜를 파는 위법행위를 당장 중지하라고 요구하기도 했다.

북녘의 약재가 많이 개발된 데는 오랜 무역제재의 원인도 있다. 서구에서 들어오는 의약품이 만성적인 부족상태에 있어 연구원과 학자들은 약초들을 이용해 심혈을 기울여 많은 약재들을 개발했다. 아이로니컬하게도 가혹한 제재가 천혜의 자연약재들을 탄생시키는 역할을 맡은 셈이다.

43

'코로나19'와 북녘 약재

    우리나라 약초가 좋다는 것은 상식이다. 한머리땅(한반도)은 약초뿐 아니라 다양한 식물들이 건강하게 자라기에 좋은 환경을 갖고 있다. 4계절이 뚜렷하고 강수량의 계절별 편차가 심하다. 식물생장 조건으로 보면 까다로운 지역이다. 바로 이같은 기후환경에 잘 적응해야 살아 남았기에 우리의 자생식물은 내성(耐性)이 강하고 꽃색깔도 선명하다. 자원식물로서 세계적인 경쟁력을 갖는 것이다.

    이 때문에 19세기 이후로 한머리땅의 식물자원은 미국을 위시한 제국주의 국가들의 식물자원의 수탈대상이 되고 말았다. 네덜란드 등 유럽에서 비싸게 팔리는 백합은 유럽인들이 수탈해간 우리의 하늘말나리와 털중나리를 교배한 것이다. 이들은 신품종을 개발하고 품종등록을 해서 특허권을 보호받고 있다. 전 세계 자생종 나리 130종 중 13종이 우리나라산이고 유럽산은 단 2종이라는데 대부분을 우리가 수입하고 있는 것이다.

　세계 라일락시장에서 가장 인기를 모으는 미스김라일락은 1947년 미국의 식물학자가 북한산에서 몰래 따간 종자를 개량해 자기 일을 도운 한국인 타이피스트의 이름을 붙였다. 미국은 불과 30여년 전인 80년대에도 세차례에 걸쳐 식물학자들을 대거 파견해 남한의 섬과 산지들을 훑고 다니며 950여종, 6,000여개의 식물자원을 채집했고 이 중 목본류 225종, 초본류 56종을 상품화했다고 한다. 식물자원에 대한 무지로 엄청난 자연의 보물들이 수탈됐으니 통탄할 일이다.

　좋은 식물자원이 많으니 좋은 약초 또한 많을 것이다. 효능이 우수한 약초들은 심심산골일수록 많다, 북녘은 해방후 식물자원 유출을 면한데다 남녘보다 훨씬 산지가 많아 그만큼 유리한 조건이다.

　2020년 들어 중국발 신종코로나 바이러스가 동북아는 물론, 세계를 공포속에 몰아넣었다. 중국과 국경을 하고 많은 중국인 관광객들이 들어오는 북녘도 예외는 아니어서 로동신문 1면에 경각심을 촉구하는 대대적인 보도가 나온데 이어 항공과 철도 등 운행을 중단하고 중국에 있는 자국 주민들까지도 들어오지 못하게 하는 등 원천 봉쇄하는 모습을 보였다.

일부에선 북에 이같은 전염성 괴질이 퍼지면 의약품 부족과 허술한 방역체계로 인해 걷잡을 수 없이 확산될 수 있다고 예상하지만 북을 잘 알지 못하는 데서 비롯된 억측이라 할 수 있다.

물론 북은 십수년간의 혹독한 무역제재로 인해 현대 의약품들이 크게 부족하고 의료시설도 낙후된 게 사실이다. 하지만 국경봉쇄를 전면 시행하는 등의 극단적인 처방은 북만이 할 수 있는 것이기도 하다. 혹여 일부 확진자가 나온다 해도 서방국가들처럼 도시간 이동을 많이 한다거나 마음대로 움직일 수 있는 환경이 아니기 때문에 확산될 가능성은 거의 없다.

게다가 북은 90년대 중반 고난의 행군 시기와 2011년경에 창궐한 장티푸스와 파라티푸스 등 전염병을 극복하면서 얻은 경험과 지식을 바탕으로 국가적인 방역체계를 세워놓았다. 앞서 소개했 듯이 금당-2 주사약이나 장명, 혈궁 불로정 등 유명 약재들과 다양한 면역강화제들을 개발해 치료에 도움을 주고 있다.

신종 코로나 바이러스는 아직 예방약도 없고 치료 백신도 없는 상황이다. 우리나라에서 확진자중 완치됐거나 치료효과를 보인 경우는 치료제가 없는데도 환자들이 완치된 이유에 대해 전문가들은 우리 몸의 면역시스템 덕분으로 풀이했다.

가장 먼저 퇴원한 2번 환자가 입원했던 국립중앙의료원의 신영식 센터장은 "치료제가 없는데 어떻게 좋아졌느냐고 하면, 자연적으로 치료된 것"이라고 설명했다. 우리 몸에 갖춰진 면역시스템이 작동해 저절로 치료됐다는 말이다.

많은 의학자들이 앞으로도 지구촌엔 코로나19처럼 새로운 괴질들이 퍼질 가능성이 많다고 경고하고 있다. 이는 인간의 무분별한 개발과 환경훼손, 유전자 조작 같은 금단의 영역에 도전한 데 따른 후과일수 있다.

백신이 제때 나오기 힘들고 만능이 아닌 이상, 중요한 것은 스스로 방어하고 치유할 수 있는 자가 면역력 강화이다. '코로나19' 시대에 천연 약재들이 주목받는 이유다.

하품만 해도 너구리 눈

살결물(스킨), 물크림(로션), 밤크림(나이트크림), 기름크림(영양크림), 분크림(파운데이션), 눈썹먹(아이브로우)...

북에서 스킨을 부르는 '살결물'은 볼수록 그럴싸한 이름이다. 대부분의 외래어들을 우리 말로 풀어 써서 그런지 조어력이 탁월하다는 생각이 든다

북녘의 화장품 하면 떠오르는 한마디가 있다. 김정은 국무위원장이 2015년 2월 평양화장품공장을 현지 지도하면서 "외국산 마스카라는 물에 들어가도 유지되는데 우리 제품은 하품만 해도 너구리 눈이 된다"고 질타한 것이다. 방수 효과가 떨어져 눈가로 검게 번지는 현상을 재치있게 지적한 화법이었다.

김정은 위원장은 "랑콤, 샤넬, 크리스티안 디올, 시세이도 등 세계적으로 이름난 화장품들과 겨룰 수 있게 하라"고 강조하기도 했다.

질책성 자극의 효과는 컸다. 불과 2년여 만인 2017년 10월 새롭게

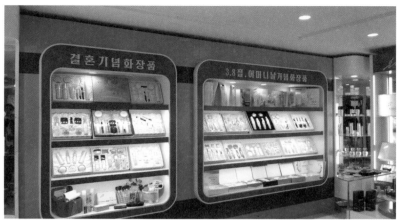
평양화장품 공장 전시관

개건된 평양화장품 공장에서 본격 출시된 '은하수' 브랜드의 다양한
화장품들은 이듬해 5월 평양국제상품전람회에서 호평을 받았다.

TV뉴스에선 진열대에서 샤넬 등 수입화장품을 치우고 국산화장품
을 올리는 장면과 함께 "써보니 국산화장품이 훨씬 낫다"고 칭찬하는
여성들의 체험담도 소개됐다. 북녘 여성들은 과거엔 기초화장품을 쓰
는 정도로 화장을 했지만 요즘엔 미백과 여드름 치료 등 기능성에 이
르기까지 다양한 제품에 대한 관심이 크게 늘어난 것으로 알려졌다.

북녘 화장품의 품질을 자세히 알고 싶어 2019년 10월 4차 방북 기
간중 평양화장품 공장을 방문했다. 평양 화장품 공장은 신의주 화장
품 공장과 함께 양대 화장품 공장이다.
신의주 화장품공장은 정권이 수립된 1949년 세워졌고 평양 화장품
공장은 8년 뒤인 1957년에 문을 열었다. 처음엔 치약과 화장비누 머

릿기름 등을 생산했는데 이는 중공업 위주 정책을 반영한 것이기도 했고 화장품의 원료를 상당부분 수입에 의존했기 때문이었다.

김정은 위원장은 집권이후 외국산을 선호하는 풍조를 개선하기 위해 경공업 제품 질을 향상시킬 것을 강조했다. 평양화장품공장이 '은하수'를 통해 이미지를 쇄신하고 있다면 선두주자인 신의주화장품공장은 '봄향기' 브랜드로 살결물, 물크림은 물론, 노화방지크림, 향수, 입술연지(립스틱) 등 다양한 품목으로 여성 고객들을 손짓하고 있다.

북녘 화장품에서 빠지지 않는 것은 개성 고려인삼을 원료로 한 제품들이다. 개성 고려인삼이 워낙 유명하기도 하거니와 이를 활용한 약재와 화장품들도 많이 개발된 것이다.

평양화장품공장 제품들은 유럽의 권위있는 화장품 품질 테스트 기관에서 품질을 인증받은 증서들이 곳곳에 붙어 있었는데 나를 안내한 여성봉사원은 "품질이 샤넬 못지 않다는 게 입증이 됐다"고 자부심도 보였다.

평양화장품공장엔 상품 판매장도 있었는데 길에서 고객들이 바로 들어올 수 있도록 입구가 있어서 편리하고 산뜻한 분위기였다. 이곳 관계자에 따르면 고려인삼 성분의 자외선 차단 기능 제품과 미백, 홍삼화장품, 주름 개선에 효과가 있는 분 크림, 피부트러블 치료제, 노화방지 화장품이 인기가 있다고 하며, 종합 화장품 세트 구성 상품도 눈길을 끌었다.

3분이면 완성되는 '은하수' 염색크림은 피부자극 완화제와 머리카락 영양제가 함유돼 자연스런 색으로 한달간 지속될 뿐 아니라 피부와 머리카락에 부작용은 없다고 소개했다.

이곳 봉사원은 "여러 가지 염색성분들의 함량과 알칼리성 물질들의 함량을 최적화하여 머리카락 침투를 촉진시켜 염색이 3분 동안에 충분히 진행될 수 있게 한다"면서 "은하수 염색크림은 세계적으로 알려진 수입염색제보다 염색 효과가 대단히 좋아 외국인들도 커다란 호평을 받고 있다"고 전했다.

솔직히 화장품에 대해 문외한이라 평가할 수는 없었지만 국제적인 연구소에서 품질을 인정받은 화장품들 가격이 너무나 저렴해 북녘 화장품이 국제적 경쟁력을 가질 날이 멀지 않았다는 생각이 들었다.

천연 약리효과가 좋은 북녘의 화장품과 남녘의 우수한 화장품 회사 간 교류 합작 등을 통해 명실공히 세계 최고 수준의 화장품 브랜드가 나오는 날이 꼭 꿈은 아닐 것이다.

평양국제상품전람회 사람물결

솔직히 이 정도일 줄 몰랐다. 2019 가을철 평양국제상품전람회 개막일 인산인해 물결을 보고 입이 딱 벌어졌다. 어깨를 부딪칠 정도로 많은 사람들 틈에서 이곳이 과연 평양인지 서울인지 구분이 안 갈 정도였다. 외국인들은 입장료 5달러를 내면 브로셔를 하나 주는데 평양시민들은 그보다 훨씬 싼 값이지만 입장료를 내고 들어가는 모습이었다.

평양국제상품전람회는 기술교류와 판로개척 투자유치를 위해 1989년 시작됐고 1992년 2차대회, 96년 3차대회를 하고 고난의 행군시기로 한동안 중단됐다가 2001년부터 해마다 열리고 있다. 특히 2005년부터는 봄, 가을 2회 개최로 늘어났다.

평양국제상품전람회는 순안국제공항에서 평양으로 들어가는 초입에 있는 3대혁명전시관에서 열렸는데 2019년 가을엔 도심의 평양실내체육관으로 옮겨져 열렸다. 2019년까지 봄철 전람회는 총 22회, 가

평양국제상품전람회

을철 전람회는 15회가 개최됐다.

상품전람회를 주최하는 기관은 조선대외경제교류협회이고 지원단위(후원)는 대외경제성과 평양시민위원회, 상업회의소 등으로 되어 있었다.

브로셔를 살펴보니 참가업체는 북녘기업들은 물론, 중국과 이란, 러시아, 시리아, 몽골 등 여러 나라에서 400여 회사가 참가했다. 사상 최다 기업이 참가했다는 후문이다. 특히 중국과 조선족 기업들이 상당히 눈에 많이 띄었는데 전자, 기계, 건재, 운수, 보건, 의류 등 경공업 및 식료 약품 부문에서 첨단 과학기술을 도입하여 생산한 제품들을 출품했다고 소개했다.

지하 1층부터 1,2,3 층에 이르기까지 수백개의 부스들과 음식점 코너, 매대 등이 설치돼 수천명의 고객들이 가득했다. 1층 전면엔 락원 지능형텔레비전과 수정천 액정텔레비전 등 TV 전자제품 부스가 화려

한 영상쇼로 시선을 사로잡았고 컴퓨터, 손전화기(휴대폰) 부스들과 고급의류 부스들이 줄지어 있다.

북녘 기업들의 이름은 상품의 특징에 맞춘 것들이 있는데 예를 들면 고려심청회사는 안경을 생산하는 회사다. 효녀 심청이 눈먼 심봉사의 눈을 뜨게 해준 이야기를 빗대어 지었으니 한번 들으면 잊을 수 없어 재치 만점이다. 부스에 근무하는 여성들이 홍보를 위한 것인지 전원 안경을 쓰고 있어 이채로왔다. 화장품 회사 이름으로는 딱인 팔선녀 화장품기술교류소도 있었다.

지하부터 2층, 3층까지 골고루 둘러보았는데 여성들을 위한 화장품, 건강제품들도 많았고 어린이 발육성장제, 살까기(다이어트) 약도 눈에 띄었다. 북녘에서 다이어트 제품이 나올 정도면 먹는 문제는 사실상 해결된 것이라는 생각이 들었다.

토성제약공장에서 출시된 황금비만알약의 홍보문구를 잠시 보자.

"우리나라의 무공해, 천연약재를 최신과학기술을 리용하여 만든 황

금비만알약은 비만증 환자들과 비만으로 오는 당뇨병 환자들의 몸무게, 가슴둘레, 배둘레, 엉뎅이 둘레를 훨씬 줄이고 복강내지방을 비롯한 몸의 전반적인 지방량을 줄이는 비만증에 효과가 좋은 고려약입니다. … 황금비만알약을 쓰면 몸까는 속도는 한달에 1~2kg, 원래 몸무게의 5~10kg만 줄어도 합병증이 개선되게 됩니다. … 어떠한 신약을 사용하여 한달에 5~10kg 이상 갑자기 몸무게를 줄이면 오히려 건강에 나쁘며 인차 본래 비만증상태로 돌아가는 몸무게 재증가 현상을 막을 수 없게 됩니다. …"

이처럼 오늘날 북에선 비만증이 증가하는 추세임을 알 수 있다. 홍보문구중 '몸까는'이라는 재미있는 표현이 있는데 우리 식으로 풀이하면 살뺀다는 뜻이다. 남에서 살빼기가 북에선 '살까기', '몸까기'인 것이다.

상품전람회에서 만난 재미있는 북녘 말을 조금 더 보면 치약 판매부스에선 '이쏘기(치통)', 이돌(치석)이 있고 '이발'은 우리가 생각하는 머리깎는 게 아니라 '이빨'을 의미한다. 머리깎는건 '리발'이고.

치약이 제약공장에서 나오는 것도 인상적이었다. 금강산제약공장에서는 록두(녹두)치약을 비롯, 살구치약, 비타민치약, 홍당무우치약, 송이버섯치약. 차잎치약, 알로에치약, 표백치약, 인삼치약, 3색치약 등 무려 10종을 판매하고 있었다.

전시상품은 실내에만 있지 않았다. 체육관 입구엔 평화자동차에서 생산하는 숭용차들을 비롯해, 삼천리에 나오는 전기자전거. 오토바이, 유람보트와 작은 요트들도 전시돼 사람들의 시선을 끌었다. 특히 평화자동차는 승용차인 '휘파람' 시리즈와 SUV 차량 뻐꾸기 시리즈가 각 5종씩 선보여 차종이 훨씬 다양해지고 있다는 것을 알 수 있었다.

신형 자동차를 홍보하는 대형옥외광고판도 평양시에서 순안국제공항으로 나가는 지점과 국립연극극장이 있는 대동강변에서도 두곳이 눈에 띄었고 평양호텔 주차장에선 '새로받은 차'라는 임시번호판을 단 차량을 볼 수 있었다.

이 같은 국제상품전람회를 통해 느낀 것은 십수년째 계속되는 대북제재의 효과가 점점 더 떨어지고 있다는 것이었다. 또한 평양시민을 비롯한 북 주민들의 구매력이 상당히 높아져 내수경제가 차지하는 비중이 상당한 것을 알 수 있었다.

제재로 인해 북은 허리띠를 졸라매고 자력갱생, 자력자강을 외치며 생활에 필요한 대부분을 자급자족으로 해결하고 있는 것이다. 유엔안보리 제재가 해제되고 정상적인 무역거래만 할 수 있다면 북의 경제는 비약적인 성장이 가능하다는 것을 국제상품전람회의 뜨거운 열기가 말해 주고 있다.

46

푸에블로호의 다음 여정

1968년 1월 23일 북녘 땅 원산 앞 바다에서 해양 조사선으로 위장한 미군의 정찰함 푸에블로호가 나포되는 경천동지할 사건이 발생했다. 전시가 아닌 상황에서 미국 군함과 82명의 승조원(한명은 교전 후 사망)이 적군에게 나포되기는 역사상 처음 있는 대사건이었다.

미국은 즉각 일본에서 베트남으로 향하던 핵 항공모함 엔터프라이즈호와 3척의 구축함을 원산만 부근으로 보냈다. 이틀 뒤엔 전투기를 비롯한 항공기 372대에 대한 출동태세를 갖췄고 28일에는 추가로 2척의 항공모함과 구축함 1척 및 6척의 잠수함을 동해로 이동시켰다. 한머리땅(한반도)에 또다시 일촉즉발의 전운이 감돌았다

미국은 북이 공해상에서 푸에블로호를 나포했다고 주장했지만 훗날 미국 조사위 보고서엔 미국이 앞서 11차례나 북측 영해에 들어갔다고 명기함으로써 침범을 인정했다. 또한 북이 공개한 자료에 따르면 원산 앞바다 3해리까지 접근하라는 명령이 내려진 사실도 밝혀졌다.

푸에블로호의 목적은 정보탐지와 함께 북이 어떤 대응을 하는지도 관찰하는 것이었다. 아마도 미국은 핵을 포함 압도적 군사력을 가진 미국 함정(민간해양선으로 위장했지만)을 감히 나포하지 못할 것으로 생각했던 것 같다. 설사 나포돼도 소련에 압력을 넣고 공해상에서 무력시위를 하면 겁을 먹을 것으로 판단했음 직하다.

그때나 지금이나 미국은 북을 몰라도 너무 모른다. 일제강점기부터 적국과 비교할 수도 없는 열세에도 불구하고 일제와 결사항전을 했고 '산전 수전 공중전'을 겪은 북이 제 영토를 침범당했는데 순순히 꼬리를 내릴리 만무했다. 자주성 하나만큼은 세계 최강이라 할 북 아닌가. 미국의 청(?)을 받은 소련이 나름 북에 압력(?)을 넣었지만 콧방귀만 뀌어 스타일만 구기고 말았다.

결국 미국은 11개월간의 비밀협상 끝에 영해 침범을 사과하는 문서에 서명하고 생존자 82명을 돌려받을 수 있었다. 미국의 일대 치욕이었다.

푸에블로호는 나포 27년만인 1995년 원산항에 모습을 드러냈다. 항일반미 교육장의 상징물이 된 것이다. 그런데 원산항에 있던 푸에블로호가 99년 감쪽같이 사라졌다가 평양 대동강 쑥섬 근처에 나타나는 일이 발생했다.

귀신이 곡할 노릇이었다. 동쪽바다에 있던 푸에블로호가 어떻게 서해안과 가까운 도시로 이동했을까. 푸에블로호가 바다로 이동했다면 남한과 일본 사이 공해상을 통과해야 하는데 미국과 주변국의 촘촘한 감시망에 포착되지 않을 리 없기 때문이다.

당시 미국은 푸에블로호를 부분 해체하여 대형 트레일러 몇대에 실어 육로로 이동시켰을 것으로 분석했다. 그러나 얼마후 푸에블로호가

푸에블로호

바닷길로 이동해 서해안으로 이동했다는 사실이 밝혀졌다. 북이 은밀하게 푸에블로호를 이동시킨 사실을 전혀 알아채지 못한 미국으로선 두번째 치욕이었다.

그런데 북은 왜 위험을 감수하고 푸에블로호를 평양까지 옮겼을까. 그 이유를 알고난 미국은 또한번 치욕을 맛보아야 했다. 푸에블로호가 자리잡은 대동강변엔 거대한 기념비가 있는 곳이었다. 이름하여 셔먼호 격침 기념비였다.

미국 상선 제너럴 셔먼호는 1866년 서해에서 대동강을 타고 올라와 조선에 통상을 강요했다. 이를 거절하자 조선의 관리를 억류하고 급기야 대포 등 중화기를 쏘아 평양 관민 12명이 죽거나 다쳤다. 결국 셔먼호는 분노한 평양 군중에 의해 불타고 격침됐다. 격침 기념비는 사건 100년 만인 1966년 세워졌는데 2년 뒤 푸에블로호 사건이 터진 것이다.

푸에블로호 조타실에서

셔먼호가 격침된 그 자리에 푸에블로호가 떡하니 전시됐으니 미국
으로선 죽을 맛이었을 것이다. 그렇게 온 세상의 구경거리가 된 푸에
블로호는 2012년 말 또다시 자취를 감추었다. 미국은 푸에블로호가
다시 원산으로 갔을 가능성을 거론하는 등 또한번 억측 소동을 벌였
다. 몇 달이 지난 2013년 초 푸에블로호가 모습을 드러낸 것은 평양
도심으로 흘러들어가는 보통강변이었다.

북이 조국해방승리기념관으로 부르는 6.25기념관이 대대적인 개건
작업을 마치고 재개관하면서 푸에블로호를 정박시킨 것이었다. 기념관
정문을 들어서면 오른쪽에 수백미터에 걸쳐 미국으로부터 노획한 수
십대의 탱크 비행기 등이 전시되어 있고 기념관 바로 앞에 푸에블로호
를 정박시킨 것이었다.

전쟁기념관은 입장료를 내야하므로 푸에블로호가 모두에게 공개되
지는 않게 됐지만 전쟁의 대표적인 노획물로 수많은 참관자들과 외부
방문객들에게 보여지고 있으니 미국의 치욕은 현재진행형인 셈이다.

로동신문은 2018년 1월 23일 푸에블로호 나포 50주년을 맞아 "미제의 죄악을 만천하에 고발하는 증거물로 되는 무장간첩선 푸에블로호를 지난 기간 219만여 명의 주민이 참관했다"고 보도했다.

"민간인 해양탐사선으로 위장한 간첩선을 통해 놈들은 안개를 틈타 우리 영해를 침범했습니다."

해설강사는 앳된 얼굴의 여군이었지만 설명은 거침이 없었다. 선체 내부엔 수십발의 기관총탄 자국이 선명하게 남아 있고 승조원들 사진과 문서, 책, 제복 등이 전시되고 있었다. 방문객들은 보통 1층을 한바퀴 돌아보고 가지만 나는 특별히 부탁하여 2층에 있는 조타실을 둘러볼 수 있었다.

왼쪽엔 선장이 앉는 작은 의자가 있었다. 일등항해사 대신 키를 잡으며 생각에 잠겼다. 푸에블로호의 다음 행선지는 어디가 될까. 부디 북미간 평화협정이 체결되어 미국이 반세기 넘게 치욕의 상징이 되고 있는 푸에블로호를 돌려받는 날이 오기를 소망해 본다.

제 3 부

다시 싸는 평양행 가방

47

'북녘 할리우드' 조선예술영화촬영소

평양을 두번째 찾았을 때 꼭 가려고 했던 곳 중 하나가 조선예술영화촬영소였다. 개인적으로 영화기자도 했거니와 북이 중시하는 대중예술문화의 최전선이라 할 수 있는 곳이기 때문이다.

1947년 2월 6일 설립된 조선예술영화촬영소는 평양시 형제산 구역에 위치했는데 초기에는 극영화보다 주로 기록영화 제작에 치중하다가 기록영화촬영소가 분리된 1957년경부터 극영화 제작에만 전담하게 됐다. 북한 영화의 전성기는 김정일 국방위원장의 집권 시기였다. 영화 매니아로 잘 알려진 김정일 국방위원장은 첫 혁명영화 '누리에 붙는 불'을 창작한데 이어 '조선의 별', '민족의 태양'을 수령 형상 창조의 본보기 작품으로 완성하고 노작 '영화예술론'을 발표하는 등 전문적 식견을 과시했다.

총 부지면적이 무려 100만㎡에 달하고 그중 야외촬영기지는 3분의 2인 75만㎡이다. 촬영소에는 연출, 촬영, 미술, 녹음 등의 창작실들이

조선예술영화촬영소 야외세트장

있고 현대화된 조명설비, 녹음설비, 영화편집설비, 특수촬영설비들을
갖추고 있다.

　조선예술영화촬영소에서 가장 인기를 모으는 곳은 1980년대 초 조
성된 대규모 야외 촬영거리다. 전통한옥 건물들이 있는 조선거리를 비
롯, 초가집들이 정겹게 들어선 농촌마을, 또 중국거리와 일본거리 등
1930~40년대의 거리들이 실제 모습처럼 만들어졌다.

　일본 거리 옆에 남조선 거리도 있었는데 일제 치하를 시대 배경으
로 했기 때문에 한글과 일본말 간판이 혼용된 것이 이색적이었고 나
라 잃은 설움도 느껴졌다. 극도극장에서 '해적왕 털보'라는 미국영화
가 상영된다는 포스터 그림이 시선을 끈다.

　이곳에 하필 '임질 매독' '기타화류병'의 간판이 달려있는 성병전문
의원이 있었다. 저 시대에도 성병이 퍼질만큼 남쪽이 문란했는지 궁금
해졌다. 바로 옆에 '애견 병원'도 이색적이었다. '애견'은 해방이후에 생

긴 단어로 생각했는데 그전에도 있었음을 말해 주었다.

이곳은 기본적으로 영화 촬영장이지만 관광객들에게도 개방되고 대학에서 영화를 공부하는 학생들도 발걸음을 자주 한다고 안내하는 해설강사가 소개했다. 특히 조선거리는 결혼식장으로도 인기를 모으고 있다,

또한 우리가 고궁에서 전통복장을 입고 유료 사진촬영을 하는 것처럼 이곳 역시 돈을 내고 전통복장을 입은 채 사진 촬영을 할 수 있었다. 동행한 해설강사의 권유로 포도대장 옷을 입어 보았다. 큰 칼까지 들고 마당에 나가 칼을 힘껏 들고 쩌렁쩌렁 호령을 해 본다.

"여봐라~ 우리 겨레의 화합과 조국의 평화통일을 방해하는 세력은 내 가만 두지 않을 것이다."

로동신문에 따르면 해방 직후 영화 예술 토대는 일제의 민족영화 말살책동으로 말미암아 사실상 빈터나 다름없었으나 영화촬영소가 만들어진 후 첫 예술영화인 '내고향'에 이어 6.25전쟁 시기에 '소년빨치산', '또다시 전선으로'를 비롯한 여러 편의 영화를 만들고 국제영화제에서 우수한 평가를 받았다고 소개했다.

48

평양의 청담동과 평해튼

평양엔 세곳의 고급 아파트 촌이 있다. 2012년 완공된 창전거리와 2015년 미래과학자거리, 2017년 려명거리다. 이들 거리는 평양 속 미니 신도시라 할 수 있는데 각각이 개성있는 특징 속에 지어졌고 오늘날 평양의 새로운 랜드마크로 주목받고 있다.

2012년 김일성주석 탄생 100주년을 맞아 세워진 창전거리는 평양의 중심구역인 만수대 언덕 주변에 있으며 조선혁명박물관과 평양냉면으로 유명한 옥류관과 이웃하고 있다. 20층에서 45층 높이의 고층 아파트와 인민극장, 아동백화점과 학교 및 유치원과 탁아소와 각종 편의시설과 공원으로 국내 매체는 평양의 청담동으로 묘사하기도 했다. 원통형 모양의 인민극장은 1,500석의 원형생음극장과 500석의 지하극장에 최신식 무대설비와 연습실과 분장실 각종 편의 시설도 갖추었다.

려명거리 풍경   ⓒ정연진

　대동강 쑥섬의 과학기술전당과 함께 2015년 풍치가 수려한 대동강
반에 들어선 미래과학자거리는 북의 과학기술 중시정책을 보여 주는
사례다. 수천 가구가 입주한 19개 동의 고층 아파트 단지와, 대형 마트
와 '입체율동영화관(4D영화관)' 등 150개의 상업시설, 학교 시설 등
이 들어섰다. 모든 건물 외벽은 청색과 밤색, 녹색 타일로 단장됐고 학
교, 병원 등 공공건물, 약국, 이발소 등 편의시설, 휴식터 및 체육공원
을 갖추고 있다.

　세계 초고층도시 건축 협회(CTBUH)는 미래과학자거리에 있는 53
층 주상복합아파트 '은하'가 2015년에 전 세계에서 건설된 200m 이
상 건물 106개 중에서 높이를 기준으로 210m로 71위를 차지했다고
발표했다.

'조선혁명의 려명(여명)이 밝아온다는 의미'를 담은 려명거리는 평양 대성산 구역 금수산궁전과 용흥네거리 사이에 위치하고 있다. 바로 건너편에 김일성대학이 있다. 평양에서 가장 높은 75층 초고층 아파트를 포함해 살림집 44동(4804가구)과 학교·탁아소·유치원 등 편의 시설 28동이 들어섰다. 워싱턴포스트 등 외신들은 화려한 려명거리를 '평해튼'(평양+맨해튼)이라는 신조어로 표현하기도 했다.

려명거리 준공일 당시 박봉주 총리는 "금수산태양궁전 방향에는 정중성의 원칙에서, 룡흥 네거리의 영생탑 방향에는 상징성의 원칙에서 아담한 다층 건축군과 웅장 화려한 초고층 건축군이 완벽한 조화를 이루고 있는 려명거리는 건축의 실용성과 조형화, 예술화 측면에서도 새로운 경지를 개척한 주체건축, 현대건축의 본보기, 표준"이라고 평가했다.

이들 미니 신도시의 공통적인 특징은 "편리성과 미학성의 원칙속에 태양빛과 지열을 비롯한 자연 에너지를 활용한 전기절약 기술, 지붕 및 벽면 녹화기술 등 최신 건축기술들이 도입된 것이다. 가혹한 경제제재속에서 일군 보금자리라는 평양시민들의 강한 자부심이 느껴진다.

49

앗 베란다에 탁구대가?

두번째 방북길에 평양의 고급아파트촌 고층살림집(아파트)을 방문했다. 미래과학자거리에 있는 한 '모범가정'의 아파트였는데 집주인은 김책공대에 근무하는 박사님이었다. 46층 건물 21층에 위치한 아파트로 평일 오전이라 안주인 홀로 반갑게 맞이해 주었다.

미래과학자거리와 창전거리, 려명거리 등 아파트의 입주원칙은 그곳에 살던 원주민과 건설에 기여한 근로자들, 인근 직장 근무자들, 나라에 기여한 이들에게 우선권이 주어진다. 그래서 미래과학자 아파트엔 걸어서 10여분 거리인 김책공대 교원 가족들이 대거 입주했고 려명거리는 김일설종합대학 교원들이 주로 살고 있다.

각각의 미니 신도시가 독창적인 아름다움과 편리성을 뽐내고 있지만 개인적으로는 이곳 미래과학자아파트가 마음을 끌었다. 무엇보다 수려한 대동강 풍치가 한눈에 들어오는 곳에 위치했기 때문이다.

미래과학자거리 아파트 베란다

이런 아파트가 뉴욕 맨하탄에 있었다면 수백만 달러는 훗가했을 것이다. 이집 안주인은 "살림집이 지어졌을 때 가구며, 소소한 장식품까지 모두 나라의 배려로 갖추었기 때문에 몸만 들어와도 됐다"고 말했다.

거실에 평면TV가 있었고 주방엔 아담한 크기의 냉장고가 두대나 있어 눈길을 끌었다. 부부침실과 두 아들의 방까지 모두 둘러보았는데 가장 인상적인 것은 넓직한 베란다였다. 놀랍게도 이곳에 탁구대가 있는 것이다. 마치 미국 집의 패밀리룸을 방불케 했다.

베란다를 이렇게 넓게 한 것에 대해 어떤 이는 냉난방 효과를 높이기 위해 공간을 많이 둔 것이 아니냐는 얘기도 한다. 이유야 어떻든 베란다가 이렇게 널찍하니 탁구대도 놓은 곳이고 그만큼 쓰임새도 다양해지니 사는 사람 입장에선 편하고 좋을 것이다.

집 구경을 하고 나서는데 아파트 20층에 비밀스런(?) 공간이 있다는 걸 우연히 듣게 되었다. 한 층의 절반이상 되는 크기로 조성된 공동 휴게 공간이었다. 원래 계획에 없었지만 졸라서 들어가 보았다.

타일 등으로 꾸며진 휴게공간은 실내 정원 분위기속에 담소를 나눌 수 있는 돌의자와 탁자, 아이들 미끄럼틀과 탁구대 등이 있었고 맥주나 음료를 마시며 노래 등 여흥도 즐길 수 있는 별도의 룸이 눈길을 끌었다. 과연 서방국가의 아파트라면 사실상 한개 층을 포기하고 입주민을 위한 공간을 만들 수 있을까.

50

김일성대에서 물놀이 해요

　김일성종합대학 참관을 가는 날이다. 북의 대표적인 명문대학인 김일성종합대학은 1946년 10월 1일 개교했다. 보통 북에선 종합대학으로 호칭하는데 더 줄여서 '김대'라고 하기도 한다. 이번 여정의 안내를 맡은 리선생도 종합대학 력(역)사학부를 졸업했다고 한다.

　사실 이번 방문길에 교수와 학생을 만나서 인터뷰를 하고 싶었지만 첫 방문이라 여의치 않았다. 천리길도 한걸음부터라고 다음번에 기회가 있을 것이다. 그래도 대학생들이 오가는 캠퍼스라 약동하는 젊음이 느껴져 걷는 것만으로도 좋았다.

　학교나 기업 공장 등은 어딜 가나 혁명사적 교양실이 있다. 혁명사적 교양실은 항일투쟁역사와 함께 해당 건물, 기관의 역사, 김일성주석 김정일국방위원장의 현장지도 등이 담긴 일종의 박물관이라 할 수 있다. 보는 사람에 따라 느낌이 다르겠지만 지나간 역사와 희귀 자료들을 만날 수 있다는 점에서 연구적 측면의 가치가 적지 않다.

　이곳에서 종합대학의 역사와 많은 사적기록들을 둘러보고 방문한

곳은 도서관의 컴퓨터 열람실이었다. 학생들이 숨 죽인채 학습에 열중하는 모습은 어딜 가나 똑같다. 김정일 국방위원장이 선물한 컴퓨터들이 가득했는데 중앙 한쪽의 컴퓨터탁(책상) 상단에 붉은색 안내문이 작게 붙어 있다.

김정일위원장이 앉아서 시연한 컴퓨터였다. 문수물놀이장에서 김정은위원장이 앉은 자리에서 인증샷도 찍은 터라 여기서도 기념사진을 찍을 수 있는지 물어 보았다. 고인이 된 선대지도자가 다녀간 표시를 특별히 했는데 과연 앉아서 사용해도 될까?

"일없습니다(괜찮습니다) 앉으십시요."

학교를 안내하는 해설강사가 미소짓는다. 나중에 남녘 사람들이 "당신이 기자라서 특별히 앉게 해주는 것 아니냐?"고 할까 싶어서 동행한 안내 리선생을 앉히고 해설강사가 직접 정보망을 연결해 설명하는 장면을 동영상으로 촬영했다. 일종의 증거자료인 셈이다.

다시 캠퍼스로 나왔다. 건물과 건물이 2층 복도로 연결된 것들이 보인다. 학생들이 비올 때 건물을 편리하게 이동할 수 있도록 했다는 설

명이다.

　이른 봄볕을 받으며 내리막길을 걸었다. 다음 방문지는 실내 물놀이
장이다. 규모가 놀라웠다. 길이 50m의 수영수조에 다이빙 시설, 1천
석의 관람석 전광판까지 갖춰 국제경기를 치를 수 있는 초현대식 시설
이었다.

　다른 한편에 두개의 회전 슬라이드가 있는 타원형의 수조와 누워서
물안마를 즐길 수 있는 설비까지 있었다. 이밖에 건식한증칸(사우나),
랭한증칸, 먼적외선한증칸, 샤워실, 안마실, 치료실, 식당을 비롯한 문
화후생시설들을 갖추고 있다.

　물놀이장이 완공된 것은 2008년이다. 당시 보도에 따르면 김정일
국방위원장은 "오래전부터 교직원과 학생들에게 훌륭한 수영관을 마
련해 주려고 생각을 많이 해 오면서도 다른 사정으로 인차 마련해 주
지 못한 것이 늘 마음에 걸렸는데 오늘 이렇게 최상급으로 건설된 수
영관을 보니 한시름 놓고 이제는 면목이 서게 되었다"고 기뻐했다.

　교원과 학생들을 위한 시설이지만 매주 토요일은 5달러 입장료를
받고 평양 시민들에게도 개방이 된다고 귀띔한다.

51

북녘 주민들은 청소쟁이

평양에 가면 거리를 지나면 청소를 하는 사람들이 눈에 많이 띈다. 그때문인지 평양은 구석구석 깨끗하다. 보이는 데만 특별히 신경쓰는 걸까? 네차례 방문에서 평양 여기저기를 많이 돌아다녔지만 솔직히 지저분한 곳을 찾기 힘들었다.

그 이유는 북녘의 청소 관리 체계 때문이다. 청소를 하는 사람들은 대부분 그 지역의 주민들이다. 평양을 비롯 도시와 마을의 도로는 지역 주민들이 관리하는 구역이 있다. 도로 또한 구역 표시가 돼 있어 해당 도로와 마을을 주민들이 자체적으로 청소를 하고 미화를 책임진다.

특히 3월과 4월은 '봄철 위생 월간'이라 하여 전국적으로 환경미화 작업을 벌인다. 마을과 도로 주변에 나무를 심고, 화단을 설치하며, 보도블록과 경계선을 페인트로 칠하는 작업이 대대적으로 이뤄지는 것이다.

북녘 주민들은 공동체의식이 아주 강하기 때문에 마을과 거리, 일

새벽부터 청소하는 평양 시민들

터를 깨끗하게 가꾸는 것은 자기 집을 가꾸는 것처럼 당연하다고 생각한다. 길에 쓰레기를 버리는 것은 자기 집 마당에 버리는 것이나 마찬가지라는 것이라는 마음이다.

직장인들은 금요일엔 '금요 노동'이라 하여 주변 도로나 시설들을 청소하고 보수하는 일에 참여한다. 사무직원도 일주일에 한번은 육체노동을 하여 땀흘리는 노동의 가치를 깨닫고 장시간 책상에 앉아 생기는 운동 부족을 만회하는 시간이기도 하다.

그래서 대부분의 주민들은 한가지 이상의 기술을 갖고 있는 경우가 많다. 한 안내원은 대학을 졸업한 엘리트였지만 금요노동이나 노력동원을 통해 무궤도전차의 송전케이블을 설치하는 작업에 참여했다고 술회했다.

시내를 가다가 과거 자신이 직접 보수에 참여한 시설을 지나다 보면 옛 추억도 떠오르고 그것을 아끼는 마음이 더욱 각별해질 것이다. 장기간의 대북제재로 인해 많은 것이 부족한 열악한 환경 속에서도 늘 주변을 청결하게 하고 함께 힘을 모아 수리도 하면서 공동체 의식을 더욱 굳건히 하는 것이다.

'말달리자' 미림승마구락부

　요즘 평양의 신혼부부들에게 가장 핫한 사진 촬영지로 떠오르는 곳이 바로 평양 외곽 사동구역에 위치한 미림승마구락부다. 이곳은 본래 조선인민군 534 기마부대의 훈련장이었는데 김정은 위원장이 노동자, 청소년을 위한 승마장으로 개건할 것을 제기하면서 현대식 승마구락부로 거듭나게 됐다.

　서울월드컵 경기장의 세배에 달하는 62만 7천여㎡의 넓은 면적에 잔디주로, 토사주로, 산보도로, 인공못, 인공산 등을 갖추었고 실내승마훈련장, 승마학교, 봉사건물, 승마지식보급실, 피로회복원, 수의병원, 종축연구소 등이 있다. 소학교(초등학교) 학생들의 합숙 등 교육을 위한 승마학교 건물도 따로 마련돼 있었다.

　이곳에 있는 말들은 100여필이 넘는데 러시아의 최고급 관상마들이 상당수 있다고 들었다. 김정은 위원장이 "인민들에게 명마를 타고 즐길 수 있도록 하라"는 지시에 따른 것이다.

미림승마구락부 실내경기장에서 시민들이 승마를 즐기고 있다.

미림승마구락부

관람대에 앉아서 탁 트인 주로를 보는 것만으로도 가슴이 뻥 뚫리는 듯 했다. 경주마와 기수를 형상화한 상징물 건너 교관들로 보이는 일단의 젊은 여성들 예닐곱명이 백마를 타고 천천히 오는 모습이 싱그럽다.

주로 건너편엔 인공산과 정자각, 인공폭포, 인공연못 등이 멋지게 조성되었는데 폭포는 북의 4대 명산중 하나인 칠보산 폭포를 형상화한 것이다. 이밖에도 천막휴식장, 야외위생실, 장애물 극복훈련장, 원형승마 훈련장, 공원 등이 조성되어 있다.

승마 이용 요금은 외국인의 경우 1시간에 50달러였지만 내국인들은 훨씬 값싸게 이용할 수 있다. 시내에서 이곳을 오가는 셔틀버스도 있다고 한다. 우리나라에선 승마가 고급운동이고 일반인이 접하기 어려운 스포츠이지만 적어도 평양에선 일반 시민들도 쉽게 이용할 수 있는 셈이다.

나오면서 보니 건너편에 미림항공구락부가 있다. 경비행기를 타고 평양 상공도 날 수 있다고 한다. 세상에 평양 상공을 날 수 있다니... 안내 리선생 보고 "다음에 오면 한번 탑시다" 말하고 훗날을 기약했는데 4차 방북에서 그 소망을 이룰수 있었다.

53

평양에서 라운딩 어때요?

청춘거리 체육촌을 아시나요.

평양시 만경대구역엔 '청춘거리'로 불리는 곳이 있다. 이곳이 젊음의 거리가 된 것은 체육인들의 산실이기 때문이다.

1989년 평양에서 열린 제13차 세계청년학생축전은 당시 대학생 임수경이 전대협 대표자격으로 전격 방북해 세상을 놀라게 했다. 세계청년학생축전은 진보성향의 젊은이들과 사회주의 국가들이 주도적인 참가를 하였는데 우리에겐 잘 알려지지 않았지만 평양에서 처음 개최된 89년 대회는 177개 국가, 2만 2000명이 참가하여 역대 최대, 최다 참가 기록을 세운 성대한 대회였다.

당시 대회를 위해 청춘거리에 종합 스타디움을 비롯, 종목별 경기장들이 세워졌다. 종합경기장인 서산축구경기장은 2만 5000여명을 수용하며 갖추고 있으며, 핸드볼관, 수영관, 탁구관, 농구관, 배드민턴관, 역도관, 배구관, 경(輕)경기관, 중(重)경기관, 체육관식당 등이 세워지고 30층짜리 서산호텔이 준공, 국가체육지도위원회가 운영하고 있다. 4차 방북때 서산호텔을 둘러봤는데 2015년 안팎시설을 새로이 하고 재개관을 했다고 한다.

1990년엔 서산호텔 뒤편에 30타석 규모의 평양골프연습장이 개장했고, 1992년 제8회 세계태권도대회 개최를 기해 웅장한 태권도전당을 건립했다. 1996년엔 사격관까지 들어서 명실공히 북녘 체육의 메카로 자리매김하고 있다.

청춘거리 중간 지점에 푸른색 외장에 강화 유리로 멋을 낸 세련된 외관의 15층 건물이 있는데 건물 전면 상단에 황금빛 트로피가 새겨져 있다. 바로 체육인 숙소다. 지난해 8월 완공된 체육인숙소 우리로 치면 국가대표 선수들이 합숙훈련을 하는 태릉선수촌과 같은 역할을 한다. 로동신문에 따르면 "전자도서실, 의료실, 오락실 등 체육인들의 휴식과 문화정서생활을 높은 수준에서 보장할 수 있는 조건들"이 갖춰져 있다.

그런데 평양에서 골프는 얼마나 많은 사람들이 즐길까. 골프연습장을 체험해 보았다. 영업 준비를 하고 있던 아침나절이어서 조금 미안했지만 다행히 이용할 수 있었다. 연습공 60개가 8달러였다.

타석으로 나가보았다. 그물망이 쳐진 서울의 연습장과 달리 앞이 확 터져 그림 같은 풍경이 나온다. 어림잡아 한 250m 길이의 꽤 큰 연습장이었다. '와 이정도면 미국보다 나은걸.' 젊은 남자직원이 의자와 작은 탁자, 물수건에 재떨이까지 갖다 놓는다. 7번 아이언과 드라이버 등 몇개를 가져왔는데 드라이버는 테일러 메이드 신품이었다.

10여 개 공을 치고 있는데 직원이 옆에서 '굿샷!' 한다. 빙그레 미소가 나왔다. 평양에서 골프채를 휘두르는 남조선 고객을 보며 '굿샷' 하는 평양 젊은이의 모습이 색다르고 재미있었다.

젊은 직원의 이름은 김경일. 올해 스물여덟살이라고 했다. 그냥 직원인 줄 알았더니 골프 코치란다. '급예의'를 갖추며 원포인트 레슨을 청했다. "아 좋습니다. 잘 치시는데요." 한다. 내국인과 외국인 비율이 얼마냐 했더니 예상외로 6대 4로 내국인이 더 많단다. 비록 소수지만 평양에도 골프를 즐기는 사람들이 늘고 있는 걸 알 수 있었다.

골프라운딩을 하려면 평양에서 남포 가는 길목에 태성골프장을 가면 된다. 다음번엔 태성골프장에서 직접 라운딩을 해보는 목표를 세웠다. 기왕이면 평양 골퍼들을 동반해서 말이다.

골프연습장 2층은 식당과 여흥을 즐기는 시설과 3층은 결혼식장이 화려하게 장식돼 있었다. 양해를 얻어 이곳을 둘러볼 수 있었다. 신랑신부들이 입장하는 바닥은 오색 점등으로 꾸며 화려하게 빛내 준다. 이곳을 안내한 여성봉사원은 주말이면 결혼식과 피로연으로 늘 바쁘다고 귀띔한다.

평양골프연습장에서

평양 상공을 날다

미림항공구락부를 찾은 것은 2019년 10월 4차 방북길에서였다. 가을의 정취가 담긴 계절에 평양 상공을 나는 것은 생각만 해도 가슴 설레는 일이었다. 세계 어디를 가도 그 나라 수도의 상공을 경비행기를 타고 관광할 수 있는 곳은 들어보질 못했다. 그런데 세계에서 가장 폐쇄적으로 알려진 나라에서 수도의 하늘을 누구에게나 개방하다니 놀랄 일이 아닌가.

미람항공구락부는 평양시 사동구역 미림동에 있다. 앞서 소개한 미림승마구락부와 나란히 마주하고 있어 내외국인들로부터 미림지역의 양대 명소로 각광받고 있다.

중국 관영 CCTV는 내가 3차 방북을 하던 9월에 "아름다운 평양 전경을 바라볼 수 있는 기회"라며 미림항공구락부를 소개하기도 했다. CCTV는 "북한의 관광업은 최근 빠르게 발전하고 있으며, 평양 상공을 날 수 있는 기회 등 각종 테마 관광이 늘고 있다"고 전했다.

미림항공구락부에서 초경량비행기를 타고 평양 상공을 날았다

　미림항공구락부는 2016년 7월 정식 개장했는데 이후 3년간 2만여 명의 국내외 관광객들이 다녀갔다고 한다. 현재 약 30대의 초경량비행기가 가동되고 있다. 비행기의 이름은 앙증맞게도 '꿀벌'이다.

　비행 프로그램은 평양 상공을 나는 것과 평양 외곽, 미림비행장 주변을 나는 것까지 5개가 있다. 가격은 내국인이 50~10달러이고 외국인은 그 두배를 생각하면 된다. CCTV는 비행시간 40분에 가격이 200달러부터 20달러라고 했는데 아마도 200달러는 여행상품에 없는 것을 특별히 주문한게 아닌가 싶다. 미림항공구락부측은 미국 시민들의 북녘 여행이 금지된 가운데 재미동포가 와준 게 고마운 듯 내국인과 같은 요금을 내는 호의를 베풀었다.

　안타까운 것은 카메라와 휴대폰을 소지한 채 탑승할 수 없다는 점이다. 안전과 보안상의 이유가 있을 것이다. 다만 비행 전후로 사진 촬영은 가능하고 5달러를 내면 항공구락부측이 촬영한 사진을 부착한 기념책자도 받을 수 있다.

신혼부부 등 특별한 추억을 남기고자 하는 이들을 위해선 두대의 경비행기를 띄워 전문기사가 촬영해 줄 수 있다. 일행이 여럿일 때도 두대가 동시에 뜨기도 한다.

경비행기를 타는데 나이 제한은 없다. 오직 한가지 제한은 몸무게가 100kg 넘는 사람은 탈 수가 없다. 워낙 초경량비행기이기 때문에 탑승자의 몸무게도 영향을 받는 것이다. 다만 어린아이를 동반하거나 보통 여성 두명은 탑승이 가능하다. 항공구락부에서 제공하는 유니폼과 안전모를 착용하고 몸무게를 재고 검색대를 통과하면 비행 준비 끝이다.

내가 탈 비행기에 조종사와 두명의 정비사가 점검하고 있었다. 보통 경비행기 하나당 3인이 조를 이루고 있다. 초경량비행기는 상반신이 그대로 노출되기 때문에 어떤 비행에서도 맛볼 수 없는 짜릿한 경험을 하게 된다. 어떤 이들은 무서워서 어떻게 타냐고 하지만 사실 경비행기만큼 안전한 게 없다. 설사 상공에서 엔진이 꺼져도 글라이더처럼 부드럽게 활강 착륙이 가능하기 때문이다. 조종사와 정비사들도 철저히 교육받은 베테랑이고 구락부측은 지금까지 단 한건의 사고도 없었다고 자부심을 보였다.

평양 상공 비행은 대동강 상공을 날면서 만경대와 능라도 5.1경기장, 주체사상탑, 김일성광장, 105층 류경호텔, 쑥섬의 과학기술전당, 미래과학자거리, 문수물놀이장을 볼 수 있다. 사람들에게 방북이야기를 들려줄 때 평양을 가게 된다면 비행 체험을 꼭 해보라고 권한다. 상공 300여미터에서 생생하게 만나는 평양 시가와 외곽의 농촌까지 북녘 산하의 풍경은 실로 감동적이다. 백문이 불여일견이다.

55

평양 시민들과 영화 보기

언젠가 평양 시민들과 함께 영화를 보고 싶었는데 그 희망이 이렇게 빨리 이뤄질 줄은 몰랐다. 지난해 9월 평양 국제영화축전을 취재할 수 있었기 때문이다. 운이 좋았던게 평양국제영화축전은 2년마다 열렸는데 2019년에도 연속하여 개최됐다.

평양국제영화축전은 1987년 9월 1일 첫 행사가 개최되었고 자주(Independence), 평화(Peace), 친선(Friendship)의 슬로건 아래 주로 비동맹 운동 국가와 제3세계 영화들이 초청된다. 2019년 제17차 축전은 자국 영화는 물론, 러시아, 독일, 중국, 인도, 이란, 몽골, 폴란드, 체코 등은 물론, 영국 아일랜드 이탈리아 캐나다 등 서방의 예술 및 다큐 영화도 출품돼 시선을 끌었다.

영화 상영은 경쟁 부문과 비경쟁 부문으로 나뉘고, 예술영화, 단편영화 및 기록영화, 만화영화 등 3개 부분 시상을 한다. 작품상으로는 횃불금상, 횃불은상, 횃불동상을, 개별상으로 영화문학상, 연출상, 연기상(남녀 주조연 상), 촬영상, 특별상 등을 수여한다.

평양국제영화제

영화축전 본부 호텔은 양각도 호텔이다. 47층의 양각도 호텔은 최고층에 회전 전망대가 있고 평양에서 가장 전망이 좋은 최고급 호텔이다. 개막식과 개막작품 상영은 양각도에 위치한 2천석 규모의 평양국제영화회관에서 열렸다. 평양국제영화회관엔 600석, 300, 100석 규모의 부속 극장도 있다.

멀티플렉스가 자리잡기 전 서울에도 대한극장이 2천석을 수용해 단일극장으로는 아시아에서 가장 큰 영화관이었는데 이젠 그 명성을 평양국제영화회관이 잇게 되었다. 평양영화축전기간엔 평양국제영화회관의 3개관을 비롯, 평양에서 가장 오래된 75년 역사의 대동문극장과 미래과학자거리에 있는 미래극장, 락원극장, 개선극장, 동대원극장, 선교극장, 락랑극장, 통일거리극장, 려명극장, 청년중앙회관, 봉화예술극장 등 17개 극장에서 다양한 작품들이 상영됐다.

평양 국제영화축전은 영화 상영과 영화 시장으로 구분되어 있다. 영화 상영은 경쟁 부문과 비경쟁 부문(특별 상영·통보 상영)으로 나뉘고, 경쟁 부문은 축전이 열리기 2년 이내에 만들어진 극장용 영화와 기록·단편·만화 영화 등 텔레비전용 작품이다.

축전 기간중 '중국영화 상영의날', '인도영화 상영의날', '러시아영화 상영의날' 모임과 '조선영화시사회' 등 여러 행사가 진행되었다.

개막 사흘째 평양국제영화회관극장에서 인도 영화를 보았는데 극장 앞이 인산인해여서 깜짝 놀랐다. 수천명이 모여 긴 줄을 이루고 있었다. 극장 앞에는 먹거리 장터와 상품 매대들 수십개가 들어서 장사에 열을 올리는 등 말 그대로 축제현장이었다.

극장에 들어갔더니 팝콘과 과자 음료수를 파는 매대가 있다. 대동문 극장에선 여성관객 두명이 김밥을 싸와 영화 시작전 먹는 모습도 보였다. 그런데 북에선 영화가 시작할 때 우리와 어떻게 다를까. 과거 우리는 영화가 시작할 때 '대한늬우스(뉴스)'가 항상 상영됐고 예고편과 애국가 순으로 시작됐는데 북도 비슷할까?

예상은 깨졌다. 영화시작전 방송을 통해 여성의 음성이 나온다. 손전화기(휴대폰)를 무음으로 하는 등 영화관에서 지켜야 할 예절과 공중도덕을 안내하는 것이었다. 약 1분정도 아나운스먼트가 나가고 영화는 곧바로 시작됐다. 이번에 본 영화 세편이 모두 외국영화(러시아 인도 중국)라 자막이 깔렸는데 북녘의 말투와 맞춤법으로 된 자막을 읽는 재미도 색달랐다.

영화를 보다보면 키스신과 가벼운 베드신 등 노출연기가 이어지는데 함께 한 평양시민들 역시 숨을 죽였고 장면에 따라 탄식을 하고 웃음을 터뜨리는 등 영화에 몰입하는 모습이었다.

호텔에 돌아와 한 직원에게 영화이야기를 나누다 영화를 보다 키스신 같은 장면이 나오면 어떻게 생각하냐고 물어보았다. 우문현답이 돌아왔다.

"일없습니다. 영화 장면 아닙니까."

'기생충'과 종북개그

아카데미영화제에서 외국어영화 최초로 작품상 등 4대 본상을 휩쓴 영화 〈기생충〉에서 북한을 풍자하는 장면이 있다. 극중 가정부 문광 역을 맡은 배우 이정은이 송광호 등 일가족 4명을 묶어 놓고 북의 유명 아나운서 리춘희의 목소리를 흉내내는 신이다. 휴대폰의 전송버튼을 핵미사일 버튼에 빗대며 이렇게 말한다.

"경애하는 최고 영도자 김정은 동지께서는 이번 일가족 사기집단의 동영상을 보시면서 그들의 악랄하고 저급한 도발에 대해 경악과 분노를 금치 못하시였다. 이에 위대한 수령님께서는 작금의 한반도 비핵화 과정속에서 마지막 남은 단 한발의 핵탄두를 저들 미치광이 가족의 간학한 아가리에 쳐넣으라는 궁극의 지령을 내리시였다. 저들의 구린내나는 오장육부를 핵 폐기장으로 삼아 마침내 비핵화와 세계평화를 이룩하시려는 위대한 영도자 김정은 동지..."

이른바 '종북 개그'에 관객들은 속없이 웃고 말았을까. 하지만 나는

북에서 가장 오래된 대동문영화관

다소 불편했다. 일단 어투와 단어들이 북에서 쓰는 것과는 달라서 어색하게 느껴졌다. 무엇보다 북핵의 본질을 무시하고 B급 유머로 삼은 것은 봉준호감독의 '권위'를 생각했을 때 옥에 티라고 생각한다.

몇가지 지적을 하자면 우선 두음법칙을 쓰지 않는 북에선 영도자가 아니라 '령도자'다. 김정은 동지로 시작했다가 느닷없이 '위대한 수령'이 나오는데, 북에선 위대한 수령을 오직 김일성 주석에게만 부여하고 있다.

북핵 문제도 그렇다. 미국과 세상사람들에게 핵은 파괴와 공포의 핵이겠지만 미국의 핵위협에서 벗어나기 위해 죽을 힘을 다해 만든 북에겐 절체절명 생존의 핵이라는 것이다. 북은 미국이 핵위협을 거둔다면 핵을 이고갈 생각은 전혀 없다고 말해 왔다. 비핵화는 한머리땅(한반도) 전체의 비핵화를 이르는 것인데 지금까지 미국은 북의 비핵화를 먼저 요구해왔기 때문에 협상이 공전을 되풀이 한 것이다.

그보다는 비핵화의 본질을 꿰뚫는 미국의 모순을 풍자하든가, "아름다운 편지를 받았다. … 우린 좋은 관계다. … 자 무엇이 일어나는

지 지켜보자(We'll see what happens)"고 고장난 축음기처럼 되풀이하는 트럼프를 꼬집는 유머장치를 했다면 더 큰 울림이 있지 않았을까?

그런데 북에선 '기생충'에 대해 나름대로 후한 평가를 하는 것 같다. 프랑스 칸영화제에서 황금종려상을 받은 후 2019년 7월 북녘뉴스 웹사이트 '조선의 오늘'은 "기생충은 날로 극심해지고 있는 사회 양극화와 빈부격차의 실상을 실감 나게 보여주고 있다"며 한국 사회의 금수저, 흙수저를 언급한 반면 "우리 공화국은 누구나 평등하고 균등한 삶을 누리고 있다"고 비교했다.

영화 기생충은 "자본주의가 희망과 미래가 없는 빈부 격차라는 악성 종양을 가진 썩은 사회라는 것을 분명히 보여 주고 있다"고 주장했다.

이 매체는 북한 아나운서를 조롱하는 듯한 장면이 등장하지만 영화 제작자는 이 장면이 유머일 뿐 북한에 대한 비판으로 이해되어서는 안 된다고 말했다고 소개하기도 했다.

북한에서 영화는 혁명의 관점에서 대단히 중요한 예술 장르이다. 정권 수립 이듬해인 1949년에 북한 최초의 예술영화 〈내 고향〉이 만들어졌고 〈피바다〉(1969) 〈꽃 파는 처녀〉(1972) 〈한 자위단원의 운명〉(1975) 〈안중근 이등박문을 쏘다〉(1979) 등으로 이어지는 시기는 북한 영화사 최고의 걸작들이 탄생한 시대로 규정하고 있다.

70~80년대 국제영화제에 작품을 내놓고 소련 중국과도 합작영화를 활발하게 만들었지만 90년대 중반 동구권 해체와 '고난의 행군' 시기를 거치면서 영화 제작이 위축된게 사실이다. 그러나 1987년 창설된 평양국제영화제가 격년제로 개최되는 등 세계 영화계와 소통해 왔고 국내 영화산업도 일정 부분 발전을 이루었다.

조선범의 위용

2차방북에서 조선중앙동물원 취재 일정을 잡았다. 목적은 백두산 호랑이를 보기 위해서다. 2019년 민간단체 문화재제자리찾기가 '백두산 호랑이 도입 청원운동'을 벌였다. 청소년들이 호랑이 종이접기도 하는 등 백두산 호랑이를 기증받는 운동을 벌여 북에서도 호의적인 반응이 있었지만 남북관계가 삐그덕대며 더 이상 진척이 되지 않았다.

흥미로운 것은 조선중앙동물원이 일본에 백두산 호랑이를 기증한 적이 있다는 점이다. 지금은 북일관계가 얼어 붙었지만 1993년만 조선중앙동물원이 일본과의 우호친선 증진을 위해 노랑부리 백로를 도쿄도에 기증하고 교토시 동물원에 조선범 2마리를 기증했다.

백두산 호랑이는 남쪽에서 공식 멸종되었고 동물원에서도 찾아보기 어렵다. 그런데 평양에 있는 조선중앙동물원에 백두산 호랑이만 스무마리가 넘는다는 정보가 무척 흥미로왔다.

대성산 기슭의 조선중앙동물원은 1959년 4월에 평양동물원으로

조선중앙동물원

문을 열었고 나중에 지금의 이름으로 바뀌었다. 2016년 7월에 새로 개건해 자연친화적인 환경을 조성하면서 현대적으로 꾸려졌다.

동물원 입구는 입을 크게 벌린 초대형 호랑이 머리를 형상화했다. 입장하면 보트를 탈 수 있는 인공 연못위에 투명한 강화플라스틱 보행다리가 설치된 게 보인다. 맹수사와 코끼리사, 기린사, 곰사를 비롯한 37개의 동물사와 파충관과 원숭이관, 애완용개 들의 재주를 볼 수 있는 동물재주관을 비롯한 8개의 동물관, 세계 5대륙의 갖가지 동물들이 있다.

동물원이 워낙 넓다보니 전기차나 마차를 타고 동물원내를 이동할 수 있게 했고 조랑말과 말을 탄 채 사진 촬영하는 '사진 봉사' 서비스도 눈에 띄었다.

북에선 백두산 호랑이를 '조선범'이라고 부른다. 천연기념물 제357호로 백두산 삼지연 기슭에 서식하는 호랑이가 조선범, 백두산 호랑이의 원형이다.

맹수사로 가니 맹수 우리가 연속하여 있다. 제일 가운데에 백두산 호랑이 우리가 있고 그 옆으로 벵갈 호랑이, 사자 우리 등이 있는데 어쩐지 백두산 호랑이들에 다른 맹수들이 위축되는 등 기를 펴지 못하는 것 같았다.

옆 우리에 있는 벵갈 범이 쇠창살을 두고 으르렁대며 백두산 호랑이의 신경을 자극하는 듯 했지만 잠시후에 발라당 누워 항복을 하는 건지 애교를 피우는 건지 모를 행동으로 웃음을 자아냈다.

맹수사에는 희귀한 흰사자가 눈길을 끌었다. 남아프리카공화국에서 기증한 것이었다. 백수의 왕이라는 사자와 호랑이 등을 이렇게 줄지어 보니 비교도 할 수 있고 보는 맛이 난다.

다소 쌀쌀한 3월말이었지만 많은 평양시민들이 가족과 친지, 연인과 함께 동물원을 찾아 즐기는 모습이었다.

북녘에는 조선중앙동물원 외에 신의주, 강계, 함흥, 원산 등 주요 도시에 동물원이 있고 황해도 신천군, 함경남도 이원군에도 소규모 동물원이 있다고 들었다. 빠른 시일안에 남북의 동물원이 활발히 교류도 하고 남북의 시민들이 백두산과 백두대간을 오가며 우리 민족의 상징이기도 한 호랑이들을 만날 수 있으면 좋겠다.

58

'3무축구'는 신의 한수

2019년 10월의 4차 방북은 주 목적이 평양에서 열리는 남북 월드컵 축구 예선 관전이었다. 이를 위해 9월 3차 방북을 했을 때 경기가 열리는 김일성경기장을 사전 답사하고 좋은 위치의 좌석도 예약을 했다.

그런데 출발 나흘전인 10월 11일경 일정을 맡은 단체를 통해 '취재가 불가능하게 됐는데 예정대로 오겠냐?'는 연락을 받았다. 잠시 난감했지만 감독과 선수 인터뷰는 못해도 경기 보는 것만 해도 의미가 있다는 생각에 일정대로 떠났다.

경기 전날 공항에 나온 안내 리선생과 함께 호텔에 짐을 풀어놓고 김일성 경기장부터 갔다. 주변 촬영과 간단한 취재를 하는데 내일 경기장에 입장할 수 없다는게 아닌가. "그게 무슨 소리냐, 취재는 못해도 경기는 봐야지, 한달전에 예약하고 여기까지 왔는데…" 성을 냈더니 리선생이 난감한 표정으로 말한다.

김일성경기장

"선생님, 사실은 아무도 못들어갑니다. 여기 축구협회 임원도 들어가지 못합니다. 저희도 선생님 입장을 위해서 많이 노력했는데 이렇게 됐습니다. 정말 미안합니다."

세상에 무관중경기라니…. 대부분의 스포츠가 그렇지만 축구는 특히 홈경기의 승률이 높다. 광적으로 응원하는 '훌리건'이라는 유명한 단어도 있다시피 홈팬들의 열렬한 응원이 경기에 큰 영향을 미친다. 그런데 북측이 홈경기의 엄청난 잇점과 막대한 중계권료, 광고료를 포기하는 것이 처음엔 솔직히 이해가 가지 않았다.

그러나 현지에서 돌아가는 분위기 등을 면밀히 분석한 결과 이번 경기가 과열 양상을 보일 경우, 자칫 남북관계에 치명타를 미칠 수 있다는 결론을 내리게 되었다.

1969년 멕시코월드컵 예선에서 온두라스와 엘살바도르가 축구경기 결과 때문에 전쟁까지 벌인 '축구전쟁'을 들먹이지 않더라도 축구는 세상에서 가장 격렬하고 가장 많은 사람들이 열광하는 스포츠다. 북녘에서도 축구는 국기(國技)로 통하고, 경기가 열리면 뜨거운 열정을 과시하는 팬들이 아주 많다.

2005년 평양에서 열린 이란 전에서 팬들이 시리아 심판의 판정에 분노해 병과 쓰레기 등을 투척하는 바람에 FIFA로부터 '홈 무관중 징계'를 받아 결국 다음에 치를 일본전을 태국에서 치른 적도 있다. 북녘 축구팬들도 일단 열이 붙으면 아무도 못말릴 정도라는 얘기다.

이쯤되면 북측이 엄청난 잇점을 포기하고 무관중 경기를 한 배경에 고개가 끄덕여 진다. 남북간의 경기는 무관중으로 치렀음에도 격렬한 플레이로 양 팀 도합 4명의 경고자에, 북측에서 부상자까지 발생했다.

무중계와 무취재의 배경은 무엇일까. 남측에 대한 화풀이로 해석하는 것은 너무나 협량한 분석이다. 그보다는 남측 국민들이 생중계를 통해 북측 선수들의 거친 플레이에 반감을 갖는 등 여론이 들끓을 수 있고, 특히 남측 언론이 자극적으로 보도할 경우 '반북감정'이 걷잡을 수 없이 커질 수 있다는 점을 고려했을 것이다.

남북정상과 북미정상, 그리고 남북미정상의 만남이 연쇄적으로 이어진 저간의 과정은 우리 민족에게 천지개벽과도 같은 사변이요, 향후 남북미 관계가 어떻게 전개되느냐에 따라 우리 민족의 운명을 가를 수도 있다. 그러한 중차대한 상황에서 축구 경기로 인한 돌발사태가 발생해서는 결코 안된다는 깊은 숙려(熟慮)로 봐야 한다는 것이다.

북측은 2019년 9월 역사적인 평양 공동선언 이후 미국과의 합동훈련, F35기 수입 등 역대급으로 군비를 증강하는 남측에 대해 강한 거부감을 표출해 왔다.

그런 그들을 향해 "북한에 식량을 지원하겠다", "북한의 비핵화가 우선이다" 등의 행보가 이어지자, "앞에서 평화의 악수를 하고 뒤에서 이상한 짓을 하는 이중적 행태를 버리고 바른 자세를 찾으라"고 쓴소리를 하기도 했다.

이러한 국면에서 펼쳐진 '3무 경기'는 판문점회담의 초심을 회복하지 않는 한 남북관계는 한치도 앞으로 나아갈 수 없다는 북측의 확고한 입장인 동시에, 남북관계가 파국에 처해선 안된다는 고도의 전략적 선택에 따른 결과라는 것이다.

59

축구영재 산실 평양국제축구학교

아직 널리 알려지지 않았지만 북에도 해외파 축구선수들이 제법 있다. 대략 2012년부터 유망주들이 이탈리아 오스트리아 등지에 축구유학을 떠났고 일부는 현지에서 자리잡고 프로선수 생활을 하고 있다.

올들어 코로나19에 대북제재 강화로 활약이 어렵게 되었지만 유럽에서 활약하는 대표적인 북한의 유명한 축구스타로는 한광성(23 유벤투스), 박광룡(27 장크트푈렌), 최창식(27)이 있다.

한광성은 이탈리아 세리에 A 최초의 북한 선수이자 최초의 북한 국적 득점자의 기록을 갖고 있다. 2015년 가디언 선정 차세대 축구선수 50인 중 하나로 선정돼 남쪽의 축구팬들에게 큰 인지도를 갖고 있다. 2019년 9월 세계적인 축구스타 호날두가 있는 유벤투스에 북한 축구 사상 최대액인 500만 유로(약 66억원)에 이적(2년 임대 후 이적 옵션)해 화제를 모았다.

평양국제축구학교

　오스트리아 리그에서 활약하는 박광룡은 2011년 박주호(울산 현대)가 FC 바젤에서 뛸 때, 팀 동료로 만나 친하게 지내는 사실이 팬들에게 알려지기도 했다. 이밖에 여러 청소년 유망주들이 유소년 리그 등 하위 클럽에서 기량을 닦고 있다.

　2013년엔 능라도 1만여㎡ 부지에 축구 영재 양성 기관인 평양 국제축구학교가 개교했다. 평양국제축구학교는 소학반(5년)와 중학반(3년), 고급중학반(3년) 과정의 기숙형 학교이다. 남녀 한반씩 각 20여 명의 학생들이 있고 수학, 물리 등 기초과목을 비롯해 일반과목 교육과 축구실기 교육을 함께 받는다.
　전국 각지에서 축구 영재들을 선발하여 체계적인 훈련을 시키고 특히 해외진출도 적극 권장하기 때문에 영어 등 외국어 교육의 비중도 높다.
　평양국제축구학교는 능라도 5.1 경기장 바로 뒤에 있어서 자연스럽게 경기장을 통과하게 되었는데 마침 집단체조를 준비하는 수천명의 학생들이 운동장 바깥 공터에서 휴식을 취하는 모습이 보였다.

평양국제축구학교의 장철준 교장이 미리 나와서 기다리고 있었다. 반갑게 인사를 하고 현황을 청취했다. 7개의 인조잔디 구장과 전천후 실내 훈련장에서 매일같이 축구 기초훈련과 육체훈련을 진행하고 있다.

교원들은 최신 체육과학 기술자료들을 직접 번역하고 세계적인 강팀들의 경기를 분석하면서 자체의 훈련수단과 방법을 도입하고 교수 훈련의 과학화를 실현하고 있다고 한다.

평양국제축구학교에서 개발한 '축구 체조'도 인상적이었다. 공을 이용한 축구 체조는 보기에도 흥겹고 자연스럽게 체조하며 공을 다루는 기술도 늘어나게 고안됐다. 축구체조 인기가 높아서 배구 등 여타 종목도 비슷한 체조를 고안해 보급하고 있다고 한다.

평양국제축구학교 졸업생들은 4.25체육단을 비롯, 압록강체육단, 기관차체육단 등 전문체육단체들과 국가청소년축구종합팀에서 두각을 나타내고 있다.

2018년 4월엔 평양과 각 도 직할시에 축구학교 설립 계획이 발표되기도 했다. 학제는 소학반 2년, 초급중학반 3년, 고급중학반 3년으로 되어 있으며 기초과목과 축구이론 및 실기를 위주로 교육하고 있다.

이같은 배경은 김정은 위원장이 청소년 시절 스위스에서 유학을 하면서 해외 활동에 대해 열린 시각을 갖고 있고 농구와 축구 등 여러 스포츠에 남다른 애정이 있기 때문인 것으로 보인다.

北 최초의 장마당을 가다

북녘엔 현재 시장이 440개 이상으로 추정되고 있다. 90년대 고난의 행군 시기에 배급이 원활치 않게 되면서 자연발생적으로 등장한 장마당은 농민시장으로 불리다가 2000년대 들어 시장으로 공식화되었다.

북 최초의 시장은 2003년 개장한 통일거리 시장이다. '7·1경제관리개선조치'를 통해 종합시장이 합법화된 것이다. 일각에선 시장의 도입을 시장경제의 도입으로 확대 해석하지만 북의 시장들은 당의 규제 혹은 완화를 적절히 받는 사회주의 시장경제의 틀에서 성장하고 있다.

두 번째 방북에서 기자에게 통일거리 시장을 방문토록 한 것은 꽤 큰 호의였다. 시장 입구엔 아담한 자동차 주차장이 있었는데 북한돈 500원을 받았다. 건물 앞에서 중년의 여성이 '규찰대'라고 쓰인 붉은 완장을 차고 서 있었지만 들락날락 하는 사람들을 감독하거나 그런 모습은 보이지 않았다.

일부 보수 언론에선 시장에 종사하는 사람들이 여성이라 성추행 등 성범죄가 빈발한다고 선전한 적도 있지만 근무자도 시장 종사자도 100% 여성인데 무슨 성범죄가 일어난다는 건지 모를 일이다. 설사 남성 관리자가 있다 해도 어림잡아 천명도 넘는 여성 상인들한테 어설픈 짓을 했다가는 뼈도 못추리지 않을까.

들어가니 별세계라도 온 듯 눈이 휘둥그래졌다. 예상보다 정말 많은 상인들이 빽빽이 자리잡고 호객을 하는 것이었다. 각 업장들이 8개 통로로 질서 있게 배열이 됐는데 부스와 매대가 두가지 형태였고 왼쪽은 식료품 등 먹는 제품들, 오른쪽은 공산품들이었다. 식료품과 공산품 상인들이 입고 있는 상의도 색깔이 각각 달랐다.

식료품 통로의 매대에서 일하는 여성들은 거의 50cm 간격으로 빽빽하게 자리한 것을 보니 시장에서 자리잡는 경쟁이 치열한 듯했다. 김치부터 각종 나물, 생선, 다양한 종류의 생고기까지 줄지어 꺼내놓고 있는데 따로 초봄이기도 했지만 냉장시설은 매일 신선한 상품들을 팔기 때문에 따로 보이지 않았다.

맞은 편엔 부스들이 줄지어 있는데 과자류부터 먹는 제품들이 많았고 오픈된 매대보다는 여유 있게 2~3인이 근무하고 있었다. 이상한 나라의 엘리스마냥 이리저리 구경하다가 김밥 파는 곳을 보았다. "김밥 한줄에 얼마요?" 물었더니 "2천원입니다" 한다.

내가 살짝 놀라는 표정을 짓자 옆에 있던 안내 리선생이 말한다.

"선생님 그거 우리(북녘) 돈입니다."

북에선 시장환율과 공정환율이 있다. 외국인이 현지 화폐를 쓰는게 금지돼 있기 때문에 달러와 유로와 중국 위안화 등을 상점이나 음식점

평양의 한 행사장에서 스낵을 파는 매대

에서 직접 지불한다. 이때 적용되는 환율은 1달러가 106원 정도다. 보통 외화식당에 가면 단품 음식이 북한돈 300원 전후라 3달러를 생각하면 된다.

그런데 시장 김밥이 2천원이라니, 그럼 20달러? 하고 놀란 것이다. 시장은 거의 100% 북 주민들이 출입하고 현지 화폐를 쓰기 마련이다. 달러를 쓴다 해도 시장환율이 적용된다. 시장 환율은 놀랍게도 1달러가 8천원이었다. 그러니까 김밥 한줄은 사실상 0.5 달러, 우리 돈으로 5~600원 수준이었다.

물가 얘기가 나왔으니 말이지만 외화 식당도 이용하는 손님들은 평양 시민들이 대부분인데 결제 화폐는 달러 등 외화이기 때문에 쓰임새는 똑같은 수준이다. 대중교통 요금은 사실상 공짜인 5원에 불과하다.

서방 매체와 연구기관들은 북에서 노동자가 월급 3천원, 4천원을 받는다며 다른 물가와 비교하는 기사를 쓰곤 하는데 북 주민들은 무상 주택, 무상 배급, 무상 의료를 받고 있어 거의 모든 것을 월급으로 해결해야 하는 서방과 단순 비교하는 것은 적절치 않다.

가령 한국은행이 발표한 '2017년 북한 경제성장률 추정 결과'에 따르면 북한의 1인당 국민총소득(GNI)은 146만 4000원(약 1300달러)으로 한국의 1인당 GNI 3363만 6000원(약 3만달러)의 23분의 1이 된다. 또한 북한의 명목 국민총소득은 36조 6000억원으로 한국(1730조 5000억원)에 비해 47분의 1 수준으로 추정했다.

일부 학자들은 북의 사회주의 배급시스템을 고려할 때 일인당 국민소득은 거의 2만달러 수준이라고 주장하기도 한다. 주택과 식량, 의료 등 무상 배급을 무시하고 월급만 비교하는 것은 불합리하다는 것이다.

북녘 호텔이야기

구글 검색을 하면 북한 호텔 예약 사이트가 있다. 이용자 의견 등 나름 기준을 세워 호텔 순위를 매겼는데 대동강의 양각도에 위치한 양각도 호텔과 함흥의 신흥산 호텔이 1, 2위로 나왔다. 별도로 도시 표시를 하지 않은 곳은 모두 평양에 소재하는 호텔이다.

순서를 소개하면 ①양각도 호텔 ②신흥산 호텔(함흥) ③3.8 려관(사리원) ④송도원 관광호텔(원산) ⑤보통강 호텔 ⑥외금강 호텔 ⑦향산 호텔 ⑧양강 호텔 ⑨고려 호텔 ⑩서산 호텔 ⑪동림 호텔(신의주) ⑫청천 회관(향산) ⑬해방산 호텔 ⑭유스 호텔 ⑮평양 호텔 ⑯모란봉 호텔 ⑰창광산 호텔 순이다.

이같은 순위는 사실 객관적으로 보기는 힘들다. 이 중 몇 곳을 이용한 경험으로는 이용객 선호도에 따라 순위가 달라질 수 있기 때문이다. 무엇보다 수년 전 개장한 원산의 마식령 호텔은 최상급 수준인데 순위에선 빠져 있다.

평양호텔 식당

　순위에 들지는 않았으나 청년 호텔, 대동강 호텔, 자남산 호텔(개
성), 마전 호텔(함흥), 동명산 여관, 송도원 여관, 갈마 호텔, 새날 호텔
(이상 원산), 금강산 호텔, 백두산 지역의 혜산 호텔, 베개봉 호텔도 익
히 알려진 호텔들이다.

　전반적으로 볼 때 북한의 호텔 수준은 가격 대비 괜찮은 수준이다.
해방산 호텔과 평양 호텔의 경우 2인실 트윈룸이 조식 포함 88달러, 1
인은 77달러인데 아담하고 깨끗했으며 특별한 불편이 없었다.

　앞서 언급했지만 해방산 호텔에선 객실에 실과 바늘 작은 가위 등
옷을 꿰맬 수 있는 반짇고리까지 비치해 눈길을 끌었다. 그런데 두 번
째 방문에서 체크아웃 하는 날, 직원이 "선생님 이번에 또 오셨으니까
20퍼센트 할인해 드리겠습니다" 하고 스스로 깎아줘 나를 놀라게 했
다.

서방호텔에서 자면 으레 방청소를 하는 메이드를 위해 1~2달러를 놓고 나오지만 북에선 베갯머리에 놓고 나와도 가져가는 일이 없었다. 나중에 안내원에게 물어보니 "아니 호텔비에 봉사료가 다 포함돼 있는데 뭐하러 주시려고 합니까" 한다.

　상점에서 물건을 사다가 잔돈이 부족해서 어쩔까 하면 대부분 "일 없습니다. 그것만 주십시오" 한다. 손님을 배려하는 마음씨가 남쪽에선 점점 사그러드는데, 따뜻한 정을 확인시켜 주는 것 같아 흐뭇한 미소가 나오곤 한다.

62

미래 관광대국 노리는 北

4차 방북을 한 2019년 10월 숙소인 평양호텔에서 TV를 보는데 김정은 국무위원장이 백마를 타고 백두산 일대를 질주하는 프로그램이 방영됐다.

백마타고 백두산 등정을 놓고 남녘 언론과 소위 '북한전문가'들은 그게 무엇을 뜻하는지 전례를 들어 김정은위원장이 중대결단을 내릴 거라며 수선을 떨었는데 북을 너무 모르니까 저런 소리가 나오는구나 안타까운 생각이 들었다.

북은 에둘러 말하는 법이 없다. 김정은 위원장의 신년사와 시정연설은 물론이고 북의 담화나 성명은 문장 그대로 해석하면 된다. 이면에 뭐가 있는지 무슨 흉심이라도 있는듯 추측하고 상상하는 버릇을 남측과 미국 등 서방이 버리지 못하기 때문에 엉뚱한 해석이 나오고 헛다리 짚는 대북정책도 나오는 것이다.

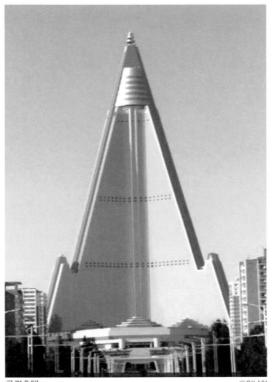

류경호텔 ©임남희

　자신들이 하던 방법과 관행, 습관을 상대에게도 적용하니 문제들이 생기는 것이다. 북에서 백두산은 민족의 성산이다. 가깝게는 항일 구국의 정신의 발원지이기도 하다. 북미대화가 공전하고 대북제재가 오히려 강화되는 국면에서 최고지도자가 첫 눈 내린 성산을 백마 타고 달리는 것은 항일 구국의 정신으로 난국을 헤쳐나가겠다며 결의에 다름 아니다.

　이와 함께 북이 온 힘을 다해 쏟아부은 3대 관광지구를 눈여겨 볼 필요가 있다. 김정은 위원장은 평남 양덕군의 온천문화휴양지를 2018

년에 두차례, 2019년엔 4차례나 현장 지도했다.

양덕온천문화휴양지는 대규모 실내외 온천은 물론, 스키장과 승마 공원이 조성됐고 장차 골프장까지 만들어지고 종업원 살림집(아파트) 등 작은 하나의 도시를 방불케 한다. 양덕온천지구는 2020년 1월 10일 정식 개장했다.

코로나19로 공식 행사를 하지 않았지만 원산갈마 해안관광지구가 4월 15일 태양절에 즈음해 사실상 완공됐다. 원산갈마 해안관광지구는 명사십리로 유명한 갈마반도의 백사장 6km에 걸쳐 조성돈 대규모 리조트 단지다. 호텔들과 스포츠, 놀이시설, 수상공원, 백화점 아파트 등 빌딩들이 수십 개 세워지고 있다.

갈마반도 해안은 초대형 방사포와 단거리 미사일 시험을 하던 곳이다. 이곳이 세계적인 위락시설로 탈바꿈하고 있다. 군대가 물러나고 관광단지를 조성하는 것만큼 평화에 대한 의지를 설명해 주는 것은 없다. 원산갈마지구는 인접한 마식령 스키장과 세계 최고의 명산 금강산과 연계되어 사계절 관광지구가 될 것이다.

관광대국 비전 2020의 정점은 백두산 삼지연지구다. 삼지연은 혁명의 고장으로 불린다. '이상향'과 '천지개벽'이라는 말이 나오듯 삼지연 관광지구는 이제껏 없던 대역사를 예고하고 있다. 혜산~삼지연간 철도 노선도 개통되었다.

2019년 10월 김 위원장은 삼지연군 건설장을 찾아 "우리 힘으로 얼마든지 잘 살아갈 수 있고 우리식으로 발전과 번영의 길을 열어갈 수 있다는 게 2019년의 총화"라며 3대 관광지구가 사회주의 경제발전의 교두보가 될 것임을 분명히 했다.

같은달 20일 로동신문은 1, 2, 3면에 무려 27장의 사진을 싣고 "준엄한 시련의 나날에 우리 인민이 어떻게 당의 권위, 우리 국가의 자존을 지켜 싸웠는가를 보여주는 애국충정의 자서전은 부강번영하는 조국의 역사와 더불어 길이 전해질 것"이라고 강조했다.

2019년 북을 찾은 외국인 관광객은 30여만명 정도로 추산된다. 놀랍게도 2020년 해외 관광객 목표치는 100만명이었다. 최근들어 중국 관광객이 기하급수로 늘고 있었고 이들 3대 관광지구의 대규모 숙박시설을 고려할 때 충분히 감당할 수 있는 수치였다.

게다가 평양엔 현재 내부 마감공사만 남겨둔 105층 류경호텔이 있고 많은 호텔들이 시설개선을 하고 확장 증설되고 있다. 북미관계 개선과 함께 미국 시민들의 여행제한이 풀린다면 류경호텔도 화려한 개장식을 하게 될 것이다. 교통편도 2019년부터 평양~원산간 항공편이 증설 운항, 편리성을 더했다.

비록 예기치 않은 '코로나 변수'가 경자년을 가로막았지만 코로나19 사태가 종식되고 종전선언의 합의를 끌어낸다면 북은 미래의 관광대국을 향한 행보를 본격화할 것으로 보인다.

평양에서 서울 카톡하기

평양에서 한국과 미국으로 카톡이 가능하다는 것은 잘 알려진 일이다. 2018년 11월 첫 방북을 했을 때 대부분의 평양 시민들이 휴대폰을 들고 있었고 4개월 뒤인 2019년 3월 2차 방북을 했을 때는 전화통화도 할 수 있는 스마트워치 열풍이 불고 있었다.

북에서 공식 통계를 발표하지는 않지만 휴대전화가 약 800만대로 북 주민 3명당 한 대꼴로 보급된 것으로 추정되고 있다. 아다시피 북에선 휴대폰을 '손전화'라고 부른다. 스마트워치(손시계)와 함께 쓰는 블루투스 이어폰은 짐작하다시피 '귀전화'다.

북에서 이동통신의 역사는 2002년으로 거슬러 올라간다. 태국 회사인 록슬리 퍼시픽(Loxely's Pacific)의 이동통신 사업자 SunNet은 2002년부터 2008년 중반까지 약 2만명에 달하는 북한인들에게 2G폰 서비스를 제공했다.

손전화 사업은 2008년 이집트의 통신사업자 오라스콤과 손잡으면

고려링크

서 본격화됐다. 이를 위해 설립된 회사가 고려링크다. 고려링크는 그해 12월에 서비스를 시작한 뒤 5년 반만에 가입자 2백만 명을 확보했고 이후 증가속도는 가파르게 빨라지고 있다.

북에선 물론 우리가 익히 사용하는 인터넷을 일반 주민들은 사실상 사용하지 못한다. 그 대체 네트워크가 인트라넷이다. 국내에서만 이용할 수 있는 인터넷 서비스다. 이를 이용해 북 주민들은 로동신문 같은 뉴스 웹사이트에 연결하고, 인터넷으로 열차시간표나 날씨, 환율과 생필품 가격도 확인한다. 우리가 휴대폰을 통해 즐기는 거의 모든 것을 하고 있는 것이다.

외국인이 북에 들어오면 고려링크를 통해 유심칩을 구입할 수 있다. 고려링크 사무실은 평양 순안공항 1층 입국장에 출장소가 있고 국제통신국 2층이나 고려호텔, 보통강호텔 등 특급 호텔에서도 가입 신청을 하고 유심칩을 살 수 있다.
기본 가격은 100달러인데 유심 카드와 50메가 바이트의 데이터 사용을 할 수 있다. 그리고 100달러를 추가하면 200메가바이트가 충전

된다. 사용해 본 결과 일주일 정도 체류시 200달러면 충분했다.

유심카드를 장착하면 카톡은 물론, 네이버와 구글, 페이스북 등 모든 인터넷을 자유롭게 연결할 수 있다. 카톡이나 텔레그램 등 SNS를 통해 서울이나 뉴욕에 있는 지인들에게 문자와 사진을 건네면 평양에서 실시간 송수신이 되는 것에 모두들 놀라고 신기해 한다.

지난해 10월 남북이 김일성경기장에서 월드컵 예선전을 할 때 필자 역시 경기장에 들어갈 수는 없었지만 흥미로운 경험을 할 수 있었다. 평양 호텔 로비에서 네이버 등 포탈 사이트를 연결해 실시간 문자중계를 보며 경기를 체크한 것이다.

북에서 이동전화 번호는 191로 시작한다. 유심칩을 장착하면 정식으로 이동전화 번호가 주어지지만 북녘 주민들이 쓰는 손전화와는 호환이 되지 않는다.

손전화 가격은 100~300달러 하는데 사실 북 주민들에게 상당히 비싼 값이다. 그러나 손전화의 편리성에 매료된 시민들은 앞에서 개성 손전화기 상점의 에피소드처럼 구입을 주저하지 않는다.

고가의 손전화인만큼 구입시 약간의 돈을 내면 1년안에 분실하거나 손상이 될 경우 똑같은 제품으로 교환해 주는 일종의 보험제도도 있다.

요즘 북녘도 주민들의 손전화 사랑으로 많은 풍속도가 달라지고 있다. 그들도 손전화로 사진 촬영을 즐기고 공유한다. 자연 초상권에 대한 인식이 많이 높아져 함부로 사진을 촬영하면 항의와 함께 지워달라는 요구를 받기도 한다. 그러나 해외동포 혹은 남녘에서 온 동포라고 하고 미리 양해를 구한다면 십중팔구 따뜻한 미소와 함께 허락할 것이다.

평양시민으로 착각했다구요?

　평양에 자주 가다보니 재미있는 경험을 하게 된다. 가을철 국제상품 전람회에 갔을 때 일이다. 지하 1층부터 지상 3층까지 수백개 기업의 부스를 발품을 팔아 돌다보니 다리가 한없이 무거웠다.

　1층 한켠에 있는 벤치에 앉아 쉬고 있는데 모녀 사이로 보이는 40대 후반 여성과 20대 초반의 처녀가 음료수를 하나씩 든 채 옆 빈자리에 앉는다. 비교적 고급지고 세련된 옷차림에 엄마와 딸 모두 인물이 좋은 편이었다.

　그런데 이 엄마가 느닷없이 내게 말을 건넨다.

　"말씀 좀 묻겠습니다. 빨간 옷을 입고 사진 찍으면 잘 안 나옵니까?"

　내 어깨에 걸친 카메라를 보고 사진전문가로 생각한 모양이었다.

　"왜 그러십니까. 누가 그런 얘기를 했나요?"

　"아 글쎄 내가 빨간 옷을 입고 사진을 찍으면 사진이 잘 안 나온다고 그럽니다."

"제 생각엔 빨간 옷이 원색이라 오히려 사진이 잘 나올 것 같은데요. 그리고 아주머니가 인물이 아주 좋으셔서 사진 잘 받을 것 같습니다."

어디서나 립서비스는 사람을 기분좋게 만든다. 이 여성이 '호호호' 좋아라 웃는다. 보아하니 나를 평양 시민으로 생각하는 것 같았다. 계속 시침 떼고 있으면 모녀가 나중에 당황할 듯 싶어 슬그머니 신분(?)을 밝혔다.

"저는 미국에서 온 동포입니다" 했더니

"아이구 이거 미안하게 됐습니다" 한다.

"미안하긴요. 저한테 말 걸어줘서 고맙습니다. 좋은 구경 많이 하세요." 하고 일어서니 깍듯이 인사를 한다.

또 한번은 광복지구 상업중심(백화점)에서 겪은 일이다. 만경대 구역에 있는 광복지구 상업중심은 1991년 개장한 광복백화점이 전신인데 2012년 중국의 유통업체와 합작해 평양 최대의 백화점과 마트로 새롭게 개장했다.

1층은 초대형 마트이고 2층은 백화점, 3층은 음식점과 아이들을 위한 놀이공간이 있다. 안내 김선생이 백화점 한켠엔 명품 매장도 있다고 귀띔한다.

백화점에도 제법 사람이 있었지만 1층 마트엔 장을 보는 많은 사람들로 북적였다. 냉동식

광복지구 백화점

품과 가공식품 등 우리네 대형 마트에서 볼 수 있는 장면과 다를 바가 없다. 직장생활에 바쁜 여성들을 위해 아침, 저녁으로 가공식품들을 구입할 수 있도록 꾸준히 서비스하고 있다고 한다.

북 매체에 따르면 광복지구 상업중심은 2019년 12월 모든 인적·물적·재정적 자원을 디지털화하는 통합 봉사체계를 갖추었다고 한다.

마트에서 주전부리도 살 겸 구경을 하고 있는데 주류 코너에서 한 여성이 나보고 "맥주는 어디에서 팝니까?" 묻는다.

빙그레 미소가 나왔다. 아무래도 내가 평양 시민처럼 보이는 모양이다. 이번엔 신분을 안 밝히고 정보만 주었다.

"여기는 소주만 있고 맥주는 저쪽으로 가면 됩니다."
"아, 예 고맙습니다."

평양에서 평양시민에게 길을 가르쳐 준 셈이다. 오래 살고 볼 일이다.

아랫마을과 웃동네의 사랑

"개성공단에서 얼마나 안타까운 사랑의 스토리가 있는지 모릅니다."

김진향 개성공업지구지원재단 이사장이 언젠가 한 이야기다.

남과 북의 청춘 남녀가 분단과 체제를 넘어선 사랑으로 인기를 모은 드라마 '사랑의 불시착'은 현실에선 안타깝게도 판타지다. 패러글라이딩으로 북녘 땅에 불시착한다는 설정은 물론이거니와 남북의 청춘남녀들이 원천적으로 사랑을 나눌 수 없기 때문이다.

개성공단에서 근무하던 북측의 여종업원들은 5만명에 달했다. 남쪽에서 파견 근무하는 직원중에 젊은 총각들도 있기 마련이다. 피끓는 젊은 남녀가 단 한번 스쳐가는 것도 아닌데 어찌 춘정이 싹트지 않을까.

하지만 그들의 비밀스런 사랑은 알려지는 순간 이별이 통고되기 마련이다. 남쪽 총각과의 안타까운 풋사랑 때문에 개성공단에서 볼 수 없게 된 북쪽 처녀의 안타까운 사연도 풍문을 통해 들린다.

설사 이들의 사랑과 연애가 용인된다 해도 결말은 애달픈 스토리로 귀결될 것이다. 남북의 이산가족도 생사를 모르고 70여년 세월이 흘렀는데 어떻게 결혼을 하고 어디서 살 수 있다는 말인가.

'사랑의 불시착'은 견우 직녀 마냥 1년에 한번 스위스 상봉으로 판타지를 봉합했지만 현실의 청춘남녀들은 '어쩌다 사랑'도 비극으로 끝나고 아예 만남의 기회조차 가질 수 없다.

'사랑~불~'에서 인상적인 대사는 '아랫동네'라는 남한의 별칭이다. '남조선 괴뢰'라는 경멸 담긴 표현 대신 이웃 동네 칭하듯 '아랫동네'라고 부른다는게 곰살궂다. 이참에 우리도 북을 '웃동네' '웃마을'로 부르면 어떨까.

정기적인 방북을 하면서 북의 청춘남녀들을 지근거리에서 보고 대화도 하는 기회가 더러 생긴다. 젊음으로 빛나는 해맑은 얼굴들은 보기만 해도 엔돌핀이 솟아오르는 듯 하다.

1, 2차 방북때 숙소였던 해방산 호텔은 망루 비슷하게 만들어진 6층 전망대가 있는데 이곳에서 커피와 음료, 술을 판매한다. 여성 봉사원 3명이 2인 1조로 순환 근무를 하는데 몇 번 가다보니 상냥한 그녀들과 친해지게 됐다.

서비스 직종은 남녘이나 북녘이나 친절한 응대가 기본이지만 북에선 뭐랄까, 때묻지 않은 순수함이 느껴진다. 그 중 한 봉사원은 호텔에 근무하기 전엔 가수였는데 호텔에서 일을 해보고 싶어서 자원했다고 한다.

북에선 호텔이나 식당의 봉사원 중에 가수급의 실력을 갖춘 이들이 많다. 해동식당에서도 서빙하던 여성 봉사원이 노래 반주기를 켜더니 프로가수급의 노래솜씨를 선보이며 흥을 돋구기도 했다.

해방산호텔의 그녀는 알고보니 아기엄마였다. 사흘에 한번 호텔에서 야근을 하기 때문에 못가는 날은 두 돌이 안 된 아기가 너무 보고 싶다며 애틋한 모정을 드러냈다.

이처럼 인간적인 이야기를 주고 받으면서 그들이 더 이상 낯설게 보이지 않았다. 부산에서 광주에서 대구에서 전주에서 만나는 이들이 우리와 똑같은 사람인 것처럼 평양에서 개성에서 원산에서 청진에서 만나는 북녘 주민들 또한 마찬가지다.

평양 처녀와 서울 총각이 카톡으로 사랑의 밀어를 주고 받고 두 사람의 백년가약에 아랫동네 웃마을 사람들이 함께 모여 흥겹게 잔치를 즐기는 그날은 언제쯤 오시려나.

66

묘향산 가는길

자강도 향산군으로 향했다. 평양~향산 고속관광도로를 이용해 묘
향산과 룡문대굴 탐방을 하는 것이다. 개성가는 고속도로에 비해 도
로사정은 나은 편이었다. 차량도 상대적으로 많았고 오토바이를 타고
가는 이들도 이따금 보았다. 아무래도 개성 방향은 남한과 대치하는
전방이 가까워서 이동량이 이곳보다는 적은 듯했다.

김선생은 "향산가는 고속도로를 달릴 때마다 해외동포들한데 고마
움을 갖습니다. 이 도로를 만들때 재일동포들이 포크레인 등 건설 장
비를 가져왔고 재미동포들을 비롯한 해외동포들이 재원을 조달했습
니다"고 소개했다.

지금은 향산까지 두시간 정도면 닿지만 이 도로가 없을 때엔 두배
이상 걸렸다고 한다. 일각에서는 이 도로가 신의주까지 연결되지 않고
방향을 오른쪽 묘향산으로 연결한 것에 대해 북이 산업도로에는 관심
이 없는 것 같다고 평가하지만 그건 모르고 하는 소리다. 그들에겐 당

묘향산

연히 향산이 우선순위가 될 수밖에 없다.

묘향산엔 국제친선전람관이 있기 때문이다. 1948년부터 소련 중국 등 해외 정상들과 각국 지도자들과 정재계 인사들, 외국인들이 선물한 수만 점이 보존되고 있는 최고의 국보박물관이다.

그들에겐 가장 중요한 박물관이 있으니 당연히 이곳부터 고속도로를 연결해야 하는 것이다. 게다가 묘향산은 금강산 못지 않은 명산이라 관광객들도 빠짐없이 들르니 관광산업 측면에서도 중요한 도로가 아닐 수 없다.

그런데 향산 가는 고속도로를 지나 시골길을 지나면서 남쪽과 조금 다른 것이 느껴졌다. 도로변에선 산소들이 전혀 보이지 않았다.

"북에선 묘를 안쓰고 화장을 하나요? 산소가 안보입니다."

"우리도 묘를 씁니다. 도로에서 묘가 보이면 별로 좋지 않잖아요?"

딴은 그렇다. 묘를 근사하게 조성한다면 모를까, 북에서도 요즘 화

묘향산 보현사

장률이 높아지고 있지만 화장시설이 많지 않고 비용도 비싸 아직은 매장이 많은 편이다.

    개성 갈 때도 한군데 고속도로 휴게소가 있었는데 향산 가는 길에도 휴게소가 하나 보인다. 북한의 고속도로 휴게소는 화장실과 함께 약간의 먹을 것과 기념품 정도를 파는 소박한 곳이었다.

    어느 정도 달렸을까. 김선생이 "여기가 녕변입니다" 한다. 우리는 거의 동시에 '아~' 하는 탄성과 함께 '영변의 약산'을 떠올렸다.

    "김소월의 고향이네요" 하니까 김선생은 조금 뜬금없다는 표정으로 "핵발전소가 있지 않습니까" 한다. 기분이 묘했다. 영변을 지나며 남과 북의 사람들이 서로 다른 것을 떠올린 것이다.

    그렇구나. 우리는 영변하면 김소월의 유명한 시 진달래꽃부터 생각했는데 이젠 영변 핵발전소가 더 유명한 곳이 되었구나..

나보기가 역겨워
가실째에는
말업시 고히 보내드리우리다.

寧邊에 藥山
진달내꼿
아름싸다 가실길에 뿌리우리다

가시는거름거름
노힌그꼿츨
삽분히즈려밟고 가시옵소서

나보기가 역겨워
가실째에는

죽어도아니 눈물흘니우리다

1925년 중앙서림 초판본에서
- 근대문화유산등록문화재 제470호 -

영변이 남녘사람들에겐 애틋한 진달래꽃의 향수를 안긴다면 녕변은 북녘 사람들에게 핵무력의 자부심으로 자리하고 있다. 아무려나 무심한 진달래 꽃은 올 봄에도 영변 약산을 휘돌며 아름답게 피어날 것이다.

67

국제친선전람관의 미국대통령

묘향산 보현사에서 그리 멀지 않은 곳에 위치한 국제친선전람관은 규모가 상상 이상이다.

이곳에 전시된 각종 선물들은 입이 딱 벌어질 정도로 방대하고 다양했다. 선물들의 면면 자체가 북의 또다른 역사라 해도 과언이 아니다. 국제친선전람관이 개관한 것은 1978년으로 한옥 지붕이 올려진 거대한 성채와도 같은 6층 건물엔 너비가 4만 6천㎡에 100여 개의 전시실을 갖추고 있다. 그럼에도 모든 선물들을 다 전시할 수가 없어서 몇 달 간격으로 교체하기도 하는 것으로 알려졌다.

2012년 평양에 국가선물관이 만들어져 이곳에 남과 북, 한민족 동포들이 보내온 선물들을 옮겨가고, 국제친선전람관은 외국에서 받은 선물들만 보존하게 돼 현재는 이원화된 상태이다.

국제친선전람관에선 한국전쟁 시기 스탈린이 선물한 방탄승용차와 전망차(기차), 전설적인 재일동포 레슬러 역도산이 선물한 벤츠, 심지

국제친선전람관

어 작은 비행기까지 전시돼 있어 보는 이들을 놀라게 했다.

정작 흥미로왔던 것은 가장 최근의 전시관이었는데 김정은 국무위원장이 미국의 트럼프 대통령과 역사적인 싱가포르 정상회담을 했을 당시의 사진들을 걸어놓은 방이었다. 카메라 등 일체의 촬영기기 반입이 금지되어 사진을 찍을 수 없는 게 안타까웠다.

트럼프 대통령은 북의 최고 지도자와 회담을 한 덕분에 미국 대통령으로는 사상 처음 북의 인민들이 성스럽게 여기는 최고의 전시관에 대형 사진이 걸리게 된 셈이다.

아무튼 한때 '철천지 원쑤'였던 미국의 대통령이 북의 최고 지도자와 나란히 한 모습을 국제친선전람관에서 볼 수 있었던 것은 신선한 충격이었다. 이 사진은 단지 지나간 역사의 한 장면으로만 되지는 않을 것이다.

30대의 젊은 지도자 김정은 위원장은 싱가포르 회담과 하노이 회담에서 미국 대통령을 상대했고 문재인 대통령과도 두차례 대좌를 했다. 그리고 2019년 6월 30일엔 판문점에선 남북미 정상이 함께 함으로써 세계의 스포트라이트를 받았다. 김위원장의 젊음과 경륜에 대한 일각의 우려는 씻겨진지 오래다.

많은 전문가들이 2020 미 대선이후 북미관계와 한머리땅(한반도)의 미래에 대해 불확실성을 전망하고 있다. 미국의 외교정책에서 한머리땅 문제가 당분간 후순위로 처질 가능성이 있고 새로운 대북라인을 구축하는 데만 수개월이 소요될 것으로 보기 때문이다.

그러나 한가지 간과해선 안 될 것이 있다. 싱가포르에서 역사적인 북미회담이 성사된 것은 트럼프가 적극성이 있어서가 아니라 북이 2017년 11월 핵무력완성을 선포하고 대륙간탄도로켓의 능력을 입증하는 등 명백한 핵전략국가로 부상했기 때문이다.

필자는 지난 시기 미국 대통령이 공화당 아닌 민주당에서 나왔다면 북미 관계가 놀라운 정도의 개선이 됐을 것이라고 생각한다. 이미 20여년전 클린턴 대통령 시절 북미관계 정상화를 생각했던 민주당이 핵무력까지 갖춘 북이 한머리땅의 완전한 비핵화를 위해 평화(종전선언-평화협정)를 하자는데 거절할 이유가 없지 않은가.

하노이회담에서 트럼프 대통령은 북이 영변핵폐기라는 파격적인 제안을 했음에도 국내의 정치적 상황을 이용할 생각에 '천재일우'의 기회를 스스로 걷어찼다. 만일 그가 제안을 받아들였다면 북미관계는 획기적인 개선이 되었을 것이고 현직 대통령에게 절대 유리한 재선고지도 어렵지 않게 밟았을 것이다.

어찌보면 지난 20년은 북미에게 잃어버린 세월이었다. 미국의 새 정부가 어느 정도의 시간을 필요로 하겠지만 궁극적으로 북미관계는 정상화의 길로 갈 것이라고 믿는다. 그것이 탑-다운(Top- Down)이든 바텀-업(Bottom-Up)이든 어떤 형식으로든 북미관계는 평화로 풀릴 수 밖에 없다. 머잖아 북미관계가 정상화되고 그야말로 역사적 사진들이 국제친선전람관에 새로이 걸릴 것을 기대해 본다.

68

北처녀가 부르는 '고향의봄'

산지가 많은 북에 절경이 많은 것은 일응 당연하지만 굴 또한 이렇게 기기묘묘할 줄은 몰랐다. 묘향산에서 평양에 돌아오는 길에 들른 룡문대굴 이야기다.

북한이 '지하 금강산'으로 자랑하는 룡문대굴은 묘향산에서 약 40분정도 떨어진 룡문산 중턱에 있다. 본래 이곳은 탄광지대였는데 1958년 탄광노동자들이 작업중 발견하였다. 약 20여년 후 조사과정을 거쳐 1984년 일반에 공개됐다. 룡문대굴은 4억 8000만년전에 형성된 석회암층에 이루어진 것으로 2개의 원굴과 30여개의 가지굴, 20여개의 명소로 이루어졌다.

총연장 길이가 5km에 달해 한반도에서 제일 긴 자연동굴이다. 거대한 노적가리 모양의 풍년탑부터 형제탑, 용바위, 왕사자, 신선할아버지, 춤추는처녀, 독수리머리, 고슴도치부부바위 등 기기묘묘한 형상들이 헤아릴 수 없이 많다. 보석동에는 천장에 맺힌 종유석과 돌꽃들로 이름 그대로 보석같은 장관이 펼쳐지고 특히 광명동의 수직 높이

롱문대굴

30m에 달하는 '금강폭포'는 지하폭포로는 세계적으로도 유례를 찾기 힘든 명소이다.

룡문대굴의 숨은 명물은 따로 있었다. 이날 해설을 맡은 처녀강사였다. 동굴을 안내하는 동안 구수한 재담으로 동굴 이야기를 풀어나가고 때로는 돌들에 얽힌 '19금' 이야기도 거침없이 펼쳐 순진한(?) 중년 아재들의 얼굴이 붉어지게 했다.

진짜 감동은 마지막 순간이었다. 그녀는 과거 갱도였던 약 200m의 낮으막한 경사로를 걸어나오는 동안 지루함을 덜어주기 위해 꾀꼬리처럼 고운 목소리로 '고향의 봄'을 2절까지 불러주었다.

'나의 살던 고향은 꽃 피는 산골
복숭아 꽃 살구 꽃 아기 진달래
울긋불긋 꽃 대궐 차리인 동네
그 속에서 놀던 때가 그립습니다...'

아무런 반주없이 불렀지만 동굴속 공명(共鳴)이 어우러지며 낭랑히 퍼져가는 노래는 천상의 소리 같았다. 한없는 그리움에 눈시울이 맺히는 그 고향은 남북겨레가 얼싸안고 함께 진한 정을 나누는 통일의 고향이 아니겠는가.

69

평양에 두고 온 손전화기

　돌아오는 날 해프닝이 있었다. 평양에 도착하여 방을 배정받은 후 구두를 벗어놓고 내내 운동화를 신었다. 돌아오는 날 그만 구두 챙기는 걸 깜빡한 것이다. 호텔을 떠난지 10여분 됐을까. 김선생의 손전화기가 울렸다. "여보시오? 엉? 302호 손님이 구두를 놓고 갔다구?" 아차 싶었다. 호텔로 차를 돌렸다. 프런트데스크 봉사원이 빙그레 미소 지으며 구두를 비닐봉투에 넣은 채 들고 있었다.

　나의 고질적인 건망증이 평양에서도 재발한 셈이지만 덕분에 해방산 호텔의 직원들의 서비스가 얼마나 정확하고 빠른지 체험할 수 있었다.

　내 실수는 프랑스 동포 임선생에 비하면 애교 수준이다. 그이는 마지막 날 치명적인 실수를 하고 말았다. 순안 국제공항에 오기전 고려호텔 1층 상점에서 쇼핑하다가 그만 휴대폰을 놓고 온 것이다. 임선생 안내였던 리선생이 전화로 호텔에 급하게 확인하니 다행히 주인 잃은 손전화기(휴대폰)가 그대로 있다고 한다.

문제는 비행 시간이 임박해 돌아갈 시간이 없다는 사실이다. 난감한 상황에서 리선생과 김선생은 연합하여 "일단 가시면 우리가 방법을 찾아서 반드시 전달하겠다"고 안심을 시켰다. 어떡하든 방법을 찾겠다고 했지만 평양이 쉽게 오갈 수 있는 곳도 아니고 외국으로 가버린 사람에게 어떻게 돌려준단 말인가.

놀랍게도 휴대폰은 단 하루만에 임선생 품에 돌아왔다. 그것도 서울로 말이다. 사연인 즉 두사람의 안내가 마침 평양을 방문한 해외동포경제인들을 찾아 갔단다. 바로 다음날 서울로 가는 재일동포 사업가에게 도움을 요청했고 그가 휴대폰을 들고 와 서울에 와있던 임선생에게 연락해 돌려준 것이다.

평양손전화기

모처럼 북녘 산천을 찾은 해외동포의 추억이 손상되지 않도록 자기 일처럼 뛰어 준 해외동포사업부 일꾼들 덕분에 임선생은 가외로 큰 감동과 기쁨을 느낄 수 있었다.

"북에서의 모든 기억들이 좋았지만 헌신적으로 도와준 북녘 동포분들에게 너무나 감사합니다. 꼭 다시 만나서 반갑게 회포 풀기로 해요."

70

위험한 나라 북한?

　늘 그렇듯 여행은 갈 때보다 올 때가 빠르다. 첫 방북을 했을 땐 낯선 곳에 대한 기대와 흥분, 설렘과 두려움이 범벅이 되어 시간이 더디 가는 느낌이었다. 하지만 이곳저곳 정신없이 돌며 참관하고 취재하다 보니 어느새 돌아올 날이 되버렸다. 첫 방북에서 평양을 두루두루 살피고 개성과 판문점, 자강도 향산군의 묘향산과 보현사, 룡문대굴까지 갔으니 제법 많은 곳을 둘러 본 셈이다.

　평양에서의 마지막 밤, 저녁식사는 문화상점이라는 독특한 상호의 식당에 갔다. 중국 동포가 투자한 일종의 퓨전식당이었다. 기념 사진을 찍을 수 있는 장소도 있었다. 우리가 갔을 땐 한 가족의 생일파티 같은 행사도 진행되고 있었다. 메뉴는 조선식과 양식을 다양하게 구비했다. 마침 이날(11월 16일)은 북에선 '어머니의 날'이었다.

　여성 봉사원이 다양한 컬러의 방울토마토를 꽂은 예쁜 장식물을 가져왔다. 우리 일행에 여자 손님이 있어 어머니의 날을 맞아 준비한 깜

짝선물이다. 덕분에 더욱 흐뭇한 마음으로 식사와 반주를 즐길 수 있었다.

다음날 아침 해방산 호텔을 순안 공항 2층 출국장으로 나갔다. 7박 8일의 방북기간에 수천장의 사진과 동영상을 찍었다. 특별히 문제될 건 없겠지만 까다롭게 검사하면 어쩌나 걱정이 되었다.

그런데 허탈감이 들 정도로 출국 수속은 간단했다. 들어올 때는 사진 등을 검사했지만 나갈 때는 프리패스였다. 더욱 놀란 것은 휴대용 가방을 X레이 대에 넣을 때였다. 동행한 권용섭 화백이 가방을 X레이 대에 넣으면서 생수병을 같이 넣는 실수를 했다. 뒤늦게 생각난 권화백이 "아차, 생수병을 넣었네요" 하고 빼려고 하자 출입국 관리는 "일 없습니다"하며 괜찮다고 미소지었다.

세계 어느 공항을 가도 검색대에선 테러 가능성 때문에 물 등 액체를 반입할 수 없는데 평양국제공항만큼은 무사통과였다. 왜그럴까. 하긴 누가 감히 이곳에서 그런 짓을 저지른단 말인가.

평양에 가기전 주변에선 무섭지 않냐고 묻기도 했다. 북한을 둘러싼 여러 가지 의문의 사건들, 폼페이오 미 국무장관이 2017년 북한을 여행 금지국으로 올리면서 "북한에 가려거든 유서를 쓰고 가라"며 겁을 준 여파도 있을 것이다.

하지만 북한을 한번이라도 방문해 본 사람들은 아마도 외국 관광객에게 가장 안전한 나라 중의 하나라고 말할 것이다. 북한에서 해외 관광객들은 귀중한 달러를 쓰고가는 VIP라고 할 수 있다. 특히 북한 주민들은 말과 정서가 통하는 해외동포들에게 한결같이 곰살궂은 정을 보여 준다. 그런 사람들을 타겟으로 범죄를 저지를 정신나간 자도 없겠지만 늘 곁에서 '안내'가 보디가드처럼 밀착 수행하고 있으니 말이다.

막혀버린 하늘길

2020년은 온전히 '코로나 팬데믹'으로 뒤덮인 해였다. 북은 2019년 12월 중국 우한에서 처음 보고된 코로나19가 수도 베이징에 퍼지기 시작한 올해 1월 24일 전격적으로 육해공의 모든 국경을 차단하는 초강수를 단행했다. 세계보건기구(WHO)가 비상사태를 선언하기 6일전에 국가비상조치가 취해진 것이다. 심지어 밀무역의 루트까지 차단하는 그야말로 '완벽 봉쇄'(Perfect Blockade)' 였다.

지금 와서 얘기지만 어쩌면 나는 코로나19시기에 북에 들어간 유일한 서방기자가 될 뻔했다. 2020년 새해 첫날 김일성광장에서 열리는 새해 카운트다운 행사를 취재하기 위해 경유지인 베이징에 도착한 것인 2019년 12월 30일이었다.

이튿날 비자를 받기 위해 조선총영사관에 들어갔는데 어찌된 일인지 비자가 도착하지 않았다고 한다. 자초지종을 알아보니 평양에서 사

로동신문 앞에서

정이 생겨 비자발급이 하루 늦게 온다는 소식이었다.

　문제는 비자를 다음날 받으면 새해 첫날이 돼버리고, 평양행 고려항공 또한 1월 4일에나 있었다. 더 큰 문제는 중국비자를 받지 않고 72시간 경유할 수 있는 통과비자만 갖고 있어 법적 체류기간을 위반하게 된다는 사실이었다.

　고심 끝에 일단 방북을 포기하고 다시 서울로 돌아와 음력 설날(1월 25일)에 맞춰 들어가는 것으로 계획을 변경했다. 그런데 1월 24일을 기해 북이 모든 항공노선 운항을 전격 중단해 버린 것이다.

　일이 이렇게 되고 보니 애당초 계획대로 들어갔다면 코로나19사태 초기의 북녘 모습을 취재할 수 있었을 텐데 안타깝기만 했다. 차라리 국경봉쇄되기 직전에 들어갔다면 평양에서 '자가격리'의 특별한 체험을 하지 않았을까 하는 기자로서의 아쉬움도 있었다.

만일 그랬다면 필경 숙소인 평양호텔에서 한달간 꼼짝없이 있다가 돌아왔을지도 모른다. 비슷한 시기 평양에 있던 재일 조선신보 로금순 기자는 몇 달 전부터 머물렀지만 1월 중순 코로나19 의심자(확진자는 아니다)와 같은 호텔에 있었다는 이유로 한달간 호텔방에서 하루 3번 씩 발열체크를 하고 전혀 나오지 못했다는 후문이다.

북은 현재까지 코로나19 확진자가 한명도 나오지 않았다고 밝히고 있다. 북은 정말 코로나 청정국가일까. 대부분의 사람들은 믿지 못하겠다고 하지만 평소 북의 철저한 방역시스템을 알고 있는 나로선 충분히 그럴 수 있다고 생각한다.

코로나19에 대한 북의 경계심은 상상을 초월한다. 오래 전부터 북에선 해외 근무자나 출장자가 귀국하면 혈액검사가 기본이다. 일체의 전염병 유입을 막기 위해서다. 과거 사스와 메르스, 신종플루가 퍼졌을 때 해당 지역의 귀국자는 지위고하를 막론하고 21일간 격리를 시켰다.

2014년 아프리카에서 에볼라가 창궐했을 때 일화다. 아시아에선 발병사례가 없었음에도 북은 외국인관광객 입국을 전면 금지했고 외교관과 사업목적 입국자도 21일 격리를 시켰다. 그해 11월 러시아를 방문하고 돌아온 최룡해 노동당 비서도 3주간 격리를 했고 아프리카를 방문했던 김영남 최고인민위원회 상임위원장은 신의주에서 3주간 격리를 했다. 명색이 북의 최고 수반이었지만 일체의 예외가 없었던 것이다.

하물며 전 세계를 강타하고 중국과 한국 등 인접국에서 초기 엄청난 감염사태가 확산됐으니 북의 경계심이 어느 정도였을지는 미뤄 짐작할 만하다. 단적인 예로 2020년 7월 20대 탈북자가 개성에 은밀히 재입북한 사건으로 북녘이 발칵 뒤집히지 않았는가. 문제의 탈북자는 코로나19에 감염된 것도 아니었다. 하지만 남쪽에서 몰래 들어왔다는 이유로 개성시 전체가 한달간 완전 봉쇄됐다. 이후 북측은 국경지대의 무단 월경자는 이유 불문 사살하도록 명령을 하달했다.

한가지 놀라운 것은 지난 10월 10일 로동당 창당 75주년 행사때 김일성광장에서 행진한 군인들을 비롯, 수천명의 군중이 마스크를 전혀 하지 않았다는 사실이다. 물론 북녘 주민들은 생활 현장에서 마스크를 꼼꼼이 착용하고 있다. 이날 행사에서 마스크를 배제한 것은 국가적인 축제 분위기에 어울리지 않는다는 판단이 작용했을 것이다. 물론 참가자들은 일체의 감기징후가 없는 건강한 사람들로 이뤄졌겠지만 무엇보다 중요한 것은 코로나 팬데믹에서도 특별한 행사에선 마스크를 배제할 만큼 국가적인 방역에 대한 신뢰와 자신감이 넘쳐 보인다.

다시 싸는 평양행 가방

첫 방북의 7박 8일은 내 생애 가장 많은 북녘 동포들을 만난 특별한 시간이었다. 매 순간 드라마틱했고 필설로 다하기 힘든 감회가 진하게 남아 있다.

지금 이 순간에도 북측지역 판문각에서 남측지역 자유의 집을 바라볼 때의 복잡했던 심경, 한국의 3대 폭포로 불리는 박연폭포의 비밀, 대동강변에서 애견을 데리고 산책하는 평양시민들의 모습, 을밀대의 수묵화 퍼포먼스, 묘향산 계곡의 불타는 조개구이, 평양시민들과 어울려 영화를 본 일, 경비행기를 타고 평양 상공을 나는 등 수많은 장면들이 주마등처럼 뇌리를 스쳐간다.

방문기를 마무리하며 꼭 이 말을 하고 싶다. 남북 겨레는 차가운 머리보다는 뜨거운 가슴으로 서로를 바라보자는 것이다. 우리 민족은 애당초 타의에 의해 헤어진 가족과도 같다. 정부 차원의 교류 못지 않

평양순안국제공항

게 민간의 교류가 활발히 이뤄지는 게 중요하다. 합법적 테두리에서 갈 수만 있다면 북녘을 체험해 보라. 한민족의 동질성 회복이야말로 오랜 분단의 후유증을 극복하는 최상의 치유제라고 믿는다.

오랜 세월 다른 체제속에 살아왔지만 우리 민족의 정서와 내면은 바뀐 게 하나도 없다. 국제정치가 어떻게 요동치더라도 남북 겨레는 애오라지 뜨거운 가슴으로 서로를 바라봐야 한다. 두번, 세번 만남이 계속되면 편견과 오해의 감정은 눈녹 듯 사라질 것이다. 특히나 재외동포들은 남과 북을 균형있게 바라볼 수 있다는 점에서 한민족의 동질성 회복을 도울 수 있는 적임자이다. 그런 점에서 재외동포이자 기자인 필자는 무거운 책임감마저 갖고 있다.

비록 코로나19로 잠시 방북의 길이 막혔지만 머지 않아 하늘길이 열리면 선착순으로 고려항공을 타고 날아갈 것이다. 오늘도 나는 평양행 가방을 싸는 꿈을 꾼다. 내가 살던 경기도 일산에서 차로 한시간도 안 걸리는 북녘 땅. 언젠가는 고속버스를 타고 개성과 평양 원산에 가고, 비행기를 타고 삼지연 백두산으로 날아가고 싶다.

부디 2021년 신축년은 켜켜이 쌓인 분단의 상처를 치유하고 통일로 향해 나아가는 원년이 되기를 간절히 소망한다.

평양여자 서울남자 길을 묻다 - 통일기러기 남북 하늘을 잇다

처음 펴낸날 2020년 12월 1일
　　지은이 로창현
　　펴낸이 박상영
　　펴낸곳 정음서원
　　　　　서울시 관악구 서원 7길 24 102호
　　　　　전화 02-877-3038 팩스 02-6008-9469
　신고번호 제 2010-000028 호
　신고일자 2010년 4월 8일

ISBN 979-11-972499-0-7 03810
값 15,000원